Dans la même collection

Osez… 20 histoires d'infidélité
Osez… 20 histoires de quick sex
Osez… 20 histoires de premières fois
Osez… 20 histoires de fellation
Osez… 20 histoires de chasseuses d'hommes
Osez… 20 histoires d'amour au bureau
Osez… 20 histoires de soumission & domination
Osez… 20 histoires érotiques de Noël
Osez… 20 histoires de vampires et de sexe
Osez… 20 histoires de sextoys
Osez… 20 histoires de sexe sur Internet
Osez… 20 histoires érotiques dans un train
Osez… 20 histoires d'amour… et de sexe
Osez… 20 histoires de voyeurs et d'exhibitionnistes
Osez… 20 histoires de sexe entre filles

En couverture :
© Photographer's Choice / B. Blue / Getty Images

122 rue du Chemin-Vert – 75011 Paris
www.lamusardine.com

ISBN : 978-2-84271-536-6

Osez…

20 histoires de sexe en vacances

La Musardine

Sommaire

Sex is lol

Camille Emmanuelle

Le jeu des 7 auteurs

Dans ce texte, sont cachées 7 références à des romans d'auteurs que j'aime. Saurez-vous les retrouver ?

Voilà. Je me suis séparée. Cinq ans d'histoire. Des dizaines de nuits d'insomnie, à douter et à pleurer. À présent, j'ai déménagé, je suis célibataire, et mes larmes sont séchées.

Je viens tout juste d'avoir trente ans. Je suis chez moi, et regarde autour de moi. J'ai mon univers, il est peuplé de romans américains, de musique rockab, de films érotiques japonais, de vieux objets de curiosité. Je me regarde ensuite dans le miroir. Je me suis débarrassée des complexes de la vingtaine. J'aime à présent mes petits seins de Lolita Haze, ma taille fine, mes fesses rondes et ma blondeur presque naturelle. Une question, pourtant, m'assaille : comment vais-je rencontrer des garçons ? Un peu tôt ? Non. Je ne souffrirai plus par amour. Après cinq années difficiles en couple, je veux vivre des choses légères et drôles, découvrir d'autres corps que celui de presque-cinquantenaire-sur-le-déclin avec lequel j'ai vécu. Je me sens comme une adolescente qui a envie d'expérimenter des choses, qui veut découvrir sa sensualité et sa sexualité. Mais une ado qui n'a pas peur du regard de l'autre. C'est encore mieux.

Malheureusement, c'est l'été, mon déménagement m'a ruinée, je n'ai plus un sou pour partir. Coincée à Paris au mois d'août. Cela va limiter franchement les rencontres.

Les quelques soirées que j'ai passées dernièrement me font encore plus douter. Les rares hommes célibataires avec lesquels je discute me semblent ou prétentieux (« Je suis sortie avec pas mal de mannequins, tu sais »), ou pas drôles (« Tu connais l'histoire de la blonde qui va à la bibliothèque ? »). Bref, que des dialogues qui font tomber ma libido au niveau de la mer.

J'oublie à ce moment-là un point essentiel. La dernière fois que j'ai été célibataire, j'avais 25 ans. On était en 2005. J'avais un téléphone à clapet, pas d'ordinateur chez moi, un vieux compte mail yahoo utilisé une fois par semaine. En 2010, avec un smartphone, un mac chez moi, un compte facebook-viadeo-skype, je suis sur le point de découvrir le sexe lol. Attention, pas le sexe kikoolol. Un mec qui écrit kikoolol sera exclu très vite du cercle des amants potentiels. « G envie ke l'on se boive 1 ver. T libre kan ? Biz, ☺ », ça ne me fait pas bander. Ça me fait d'une part prendre un vrai coup de vieux, car je dois lire le message à haute voix, et puis surtout, depuis quand un homme qui parle comme un émo boutonneux traînant près de l'Opéra-Bastille serait bandant ? Non, le sexe lol, c'est le jeu, excitant, des échanges virtuels. Des préliminaires 2.0. J'allais vivre des e-vacances.

Julien, je l'ai rencontré quelques semaines auparavant, lors d'un projet de boulot. Hype à mort, mignon, intelligent, fêtard, avec un rire aussi sonore que le mien. Avec mon look un-jour-sur-deux – un jour, jupe de pin-up et talons hauts, le lendemain, vieux jean et baskets de 1998 – et ma vie pas si hype que ça, je pense alors être hors-catégorie. Jusqu'à un texto reçu quelques jours après mon anniversaire. « Je vous invite un week-end au bord la mer pour votre anniversaire. Ce sera mon cadeau. » Je réfléchis. Pas d'argent, envie de bord de mer, envie de lui : je réponds oui. Il s'ensuit des dizaines de messages. Chaque fois que mon téléphone vibre, je ressens, telle une jeune fille en fleur, des frissons dans le bas du ventre. D'autant qu'il me vouvoie. « Que fait donc la jolie Parisienne ce soir ? » « Venez-vite ! » « Je suis désolé, je bande en pensant à vous. »

Mais celui qui me fait tourner la tête est un message assez soft. Je lui demande : « Qu'est-ce que je vous rapporte de Paris ? » Il me répond « Votre esprit. » Le salaud. Il a capté mon profil de petite intello ! En débarquant du train, dans cette ville de bord de mer, je ne sais pas vraiment à quelle sauce je vais être mangée. Il partage une maison avec des amis. Après un dîner en ville, pendant lequel il me fait rire, et pendant lequel, pour me rassurer, je drague assez ouvertement un de ses amis, il me ramène dans cette maison.

Pas le temps de la visiter. Dans le jardin, il m'embrasse et m'allonge sur la pelouse. Je me retrouve en quelques secondes la jupe relevée, avec sous mes fesses la terre et les brins d'herbe. Les mains baladeuses, il se faufile entre mes cuisses, cherchant à se glisser sous ma culotte. Puis il soulève mon T-shirt et me caresse les seins. À la fois gênée et excitée par tant d'empressement juvénile, je décide de reprendre les choses en main. Je grimpe sur lui, glisse pour descendre mon visage au niveau de sa ceinture, et la dégrafe. Qu'y a-t-il de plus sexy que le bruit d'une ceinture d'homme qu'on dégrafe ?

Je fais doucement sortir son sexe. Il est dur, large, et, surtout, commençant à le caresser, je découvre qu'il est d'une douceur incroyable. J'ai envie de le caresser longtemps, longtemps. Mais au lieu de ça, je m'entends dire une phrase totalement absurde, qui me fait encore rire aujourd'hui quand j'y repense : « Je ne suis pas une fille facile, mais j'ai très envie de te sucer. » Je me sens tellement idiote d'avoir dit ça. Mais il éclate de rire, approche son sexe de ma bouche. Il se laisse embrasser pendant de longues minutes. Je prends beaucoup de plaisir à sentir son sexe bouger dans ma bouche, réagissant aux mouvements de ma langue. La peau de son sexe est tellement douce ! Comme une culotte en soie, je n'en reviens pas…

Mais, alors que je lève les yeux sur lui, une lumière s'allume dans la maison, et derrière une porte vitrée, une silhouette s'agite. C'est son ami que j'avais séduit à table. Je me relève d'un coup, toujours assise sur lui. Devinant dans l'obscurité mon visage de petit animal paniqué, il me demande ce qui se passe. Je dis qu'il y a quelqu'un dans la maison, qui peut nous voir. Il me répond : « Et alors, on s'en fout, non ? » Oui, c'est vrai ça, on s'en fout après tout. Je me repenche sur lui, reprends son sexe doux dans ma bouche. Je repense à cet homme dans la maison, qui peut-être nous regarde. Peut-être même qu'il se caresse en nous regardant. L'idée m'excite. Je suce de plus en plus vite mon amant, j'appuie ma langue contre son sexe, je le lèche, je le tète, je le sens venir, jouir dans ma bouche.

Tout en enlevant les brins d'herbe restés collés à mes fesses, je demande à rentrer dans la maison, car j'ai froid. En rentrant dans sa chambre, j'ai quinze ans et demi.

De retour de cette petite colonie de vacances sexuelle, je rencontre quelqu'un vivant à plus de cinq cents kilomètres de chez moi. C'est un artiste aux yeux verts, à la barbe de trois jours, massif et grand, une espèce de cow-boy.

Entre deux week-ends, on se skype. C'est gratuit, et, contrairement au téléphone, ça permet de voir le visage de l'autre. Mais pas seulement. Avant de l'appeler, je me remets toujours, rapidement, du rouge aux lèvres. Un soir, il me dit : « J'aime voir tes lèvres, mais je voudrais voir autre chose. » Je me prête au jeu, enlève ma robe en riant. « Ça ne me suffit pas, enlève tout. » En quelques secondes, l'amoureux charmant s'est transformé en amant directif. Je me prête au jeu, pas tout à fait à l'aise. Et enlève mon soutien-gorge, puis ma petite culotte. Je suis nue sur mon canapé en skaï rouge, l'air chaud de Paris l'été passant à travers les voiles de ma fenêtre. « Caresse-toi. » De son côté, je l'entends ouvrir son pantalon, le vois glisser sa main vers son sexe. Je tente la diversion en me moquant : « Ça te rappelle tes soirées YouPorn, c'est ça ? » Mais son regard vert, perçant, sur mon corps nu n'autorise ni l'humour ni le dialogue…

La webcam braquée sur moi, je commence à me caresser doucement en observant sur l'écran les mouvements de son bras. « Écarte tes cuisses, je ne vois rien. » J'écarte mes jambes appuyées sur le canapé, mon sexe s'ouvre à mesure que je me caresse. Mais, en fait, j'exécute des gestes mécaniques, et ne me sens pas si excitée que ça. Car je me vois, pixélisée, sur le petit écran. Je le lui dis. Il réplique :

« Ferme les yeux, imagine que je suis à côté de toi. Je te regarde te caresser, tu me fais bander. Tu sens mon souffle de mec excité, sur toi ? J'écarte tes lèvres, pour que tu puisses mieux te caresser. Donne-toi du plaisir. Maintenant, je vais te mettre un doigt et le bouger. Là où tu aimes, tu sais ? D'ailleurs, fais-le, là, maintenant, mets-toi un doigt. »

Toujours les yeux fermés, je glisse un doigt en moi.

« Voilà. Imagine que c'est le mien. Imagine que je suis à côté, et que je te fasse mouiller. Je te regarde et je te branle de plus en plus vite, je te touche fort, j'appuie de l'autre côté de ton clitoris, tu sens ? Tu commences à être trempée, tu sais. Maintenant, je vais te retourner et te prendre par-derrière. Retourne-toi. »

Je me retourne sur mon canapé.

« Laisse-toi faire… Cambre-toi. Je te pénètre profondément et lentement. Tu sens ma queue en toi ? Je sens que tu aimes ça. Maintenant, je vais t'enculer, doucement… »

Au moment où il prononce cette phrase, je me sens jouir. Je me retourne, regarde, fascinée, mon canapé en skaï trempé sous mes fesses. C'est la première fois que je mouille autant, toute seule. Je rougis, il se marre.

Le lendemain, j'ouvre, au travail, ma boîte mail. J'ai reçu un message sur viadeo. Je ne comprends rien à viadeo. J'y ai mis mon CV, une photo, histoire de, mais l'utilise trois fois par an. Le message en question ne me propose pas un job de rêve, c'est plus ambigu. Le jeune homme – sur son profil, il est indiqué qu'il a 26 ans – propose que l'on se rencontre : il connaît mon agence et pense que potentiellement, on peut avoir des projets communs. J'en doute. C'est un jeune entrepreneur dans le design. Pas moi. Mais attirée par son visage d'éphèbe blond, j'accepte le rendez-vous. Après une première soirée chaste, mais sympathique, le jeune entrepreneur se montre très entreprenant : il me propose un week-end au bord de la mer du Nord. Je me dis que je dois avoir la tête d'une fille qu'on invite en week-end. Ses arguments ressemblent à un business plan.

1/On s'entend bien. 2/ Il a envie de me connaître. 3/ La mer du Nord, c'est beau.

J'accepte le contrat. Pendant le trajet en voiture, il me décline son CV, professionnel et sentimental. Je commence à douter du potentiel érotique de ce week-end. Mais arrivé à Dunkerque, il se gare sur le port. On marche sur le ponton, jusqu'au bout du port. Il a réservé, pour la nuit, un voilier. Un voilier !

J'adore la voile, la mer, les bateaux, les marins, etc. Il ne le savait pas du tout, mais a pris le risque. La classe. La grande classe. Vive l'entrepreneuriat ! Le voilier est splendide. Après une visite des lieux, nous allons voir la cabine du capitaine. Je vis un véritable fantasme, je suis dans *La Croisière du Snark*. Le bateau tangue, on entend les mouettes, la cabine est confinée, hors du monde. Ce cadre m'excite. Ma petite culotte de Bretonne commence à être mouillée. Je m'approche de mon marin d'eau douce, le fais s'allonger sur le dos du lit de la cabine. Je le déshabille lentement, découvrant son corps musclé, ferme, presque imberbe. C'est un marin Jean Paul Gaultier.

Je soulève ma jupe, m'assois sur lui. Il bande déjà, je le sens à travers son jean. J'ondule légèrement des fesses, me frottant doucement contre son sexe. J'ai l'impression que son jean va se déchirer sous la pression de son sexe tendu. Je cherche d'une main le préservatif caché dans mon sac à main, et d'une autre défais un à un, lentement, les boutons de son pantalon. Je libère le mat, l'habille de latex, puis écarte un pan de ma culotte. Prenant son sexe dans ma main, je l'introduis délicatement dans ma petite chatte encore serrée. Il gémit. Le bateau tangue d'avant en arrière, je suis le mouvement. Je bouge sur lui, serrant plus ou moins mon sexe autour du sien. Au bout de quelques minutes, je soulève légèrement mes fesses et les bouge sur son sexe, très vite. Il se laisse faire, puis au bout de quelques instants, me dit d'arrêter, car il va jouir.

Je ne m'arrête pas. Je pose mes mains sur le plafond de la cabine pour prendre appui, et intensifie les mouvements saccadés de mon petit cul. « Eh bien, jouis ! » lui dis-je. Il pousse un cri intense quand il éjacule en moi. Alors que nous sommes étendus, en sueur, et que je caresse ses cheveux, je me dis que, malgré son air de sainte-nitouche, Julie McCoy, dans *La croisière s'amuse,* devait bien s'amuser…

Quelques jours plus tard, un ami d'amie, François, m'envoie des messages par tchat Facebook. Je suis seule au boulot, Paris n'est pas une fête, ma boîte mail est vide, je m'ennuie, je réponds.

C'est un dandy, spirituel, drôle, cultivé, un philosophe de boudoir. En trois-quatre phrases placées avec finesse, il me fait comprendre qu'il écrit, qu'il a étudié les lettres, qu'il aime le sexe, qu'il me trouve jolie, ce qui fait, pour la snob que je suis, quatre qualités essentielles.

Après plusieurs jours d'échanges, je le prends à son propre jeu quand il m'écrit, un soir, vers 18 heures : « Ces échanges sont frustrants. » Je réponds : « Alors, rendez-vous, dans une heure, parc des Buttes-Chaumont, avec une bouteille de vin. »

Il est là. Charmant. Après une première bouteille, je sens l'ivresse chauffer mon corps, et aussi mon sexe. On se rend chez lui pour une deuxième bouteille. Le dandy classieux se révèle vite, dans ses mots, légèrement pervers, juste ce qu'il faut. Après une heure de discussion appuyée de regards tendus, il me renverse sur son canapé. Ses baisers sont très humides, très profonds.

J'étouffe sous le poids de son corps, mais il ne semble guère s'en préoccuper. Après de longs baisers, il soulève ma robe, dégrafe mon soutien-gorge, me lèche les seins. Non, je ne rêve pas, il ne les lèche pas, il les tète ! Les tétons de mes petits seins, sensibles, durcissent. Il m'allonge ensuite sur le dos, me déshabille doucement, approche sa bouche de mon bas-ventre. Je sens son souffle au-dessus de ma culotte légère. J'ai envie de l'enlever, ce morceau de tissu. Mais il tourne autour avec sa langue pendant de longues minutes. Puis il écarte légèrement les plis du tissu, pour, en poussant un gémissement de plaisir, poser avec avidité sa bouche sur mes lèvres. Je sens très bien ses lèvres sur ma petite chatte. Il bouge sa langue sur moi, va doucement, puis plus vite, appuie fort ou légèrement, mais quoi qu'il fasse, sa bouche reste toujours collée à moi. Mes jambes se mettent à trembler. J'ai envie de le repousser. Je ne contrôle plus rien, et je n'aime pas ça.

J'ai l'habitude, dans ces moments-là, de faire « remonter » les hommes vers ma bouche. Mais il insiste, il aime le goût des femmes. Il me tient fermement les jambes écartées, glisse un doigt en moi, le fais bouger. Je sens mon corps entier se crisper. Avec un autre doigt, il caresse mon petit cul. D'abord en l'effleurant, puis, l'ayant mouillé avec sa salive, il me pénètre. Je sens ses doigts en moi, sa bouche sur moi, je prie très fort pour qu'il ne s'arrête pas. Mais je sens qu'il n'a pas l'intention d'arrêter. Son insistance, cette envie de me faire jouir tout en prenant son temps me rendent dingue.

J'ai chaud, je respire vite, je mouille sur sa bouche, sur ses doigts, sur sa main. Mon sexe est brûlant, écarté, mon clitoris gonflé. Tout d'un coup, je ne bouge plus. Ne gémis plus. Respire à peine.

Je reste inerte, concentrée uniquement, pendant de longues minutes, sur ses coups de langue.

Là, une force électrique, puissante, s'empare de tout mon corps pendant de longues secondes. Je crie. Je jouis. Très très très fort. Je l'avoue, oui, c'est la première fois, en dix années de vie sexuelle, que j'ai un orgasme de cette façon. Le corps encore traversé de spasmes, j'ai les larmes aux yeux.

Je viens tout juste d'avoir trente ans. Je découvre, vraiment, enfin, le plaisir. En partie. Car je me jure, à cet instant précis, d'avoir un orgasme vaginal avant la fin de l'été.

Je n'ai pas encore essayé Twitter. Et l'été n'est pas fini.

Les Saintes-Maries

Aline Tosca

Si on oublie les moustiques, la Camargue, c'est le paradis. Y a pas plus sauvage. Les voitures grimpent sur des bacs pour passer d'une rive à l'autre. C'est insolite. Ce sont des rizières, des marais salants, des flamants au cœur des lagunes, des taureaux, des chevaux… Du vert, du bleu, du rose, du noir, du blanc. Il ne faut pas trop espérer des étendues laissées en pâture aux chevaux semi-sauvages. Mais si les animaux élevés en liberté n'ont pas grande allure, ils marquent le paysage.

C'est sur la plage des Saintes-Maries-de-la-Mer que je décide d'échouer pour mes congés posés fin mai. J'ai une folle envie d'assister aux processions de Sara la Noire. Après avoir profité des fêtes saintes d'avril à Séville.

Je suis encore pleine du soleil d'Espagne et de mes ébats andalous. J'ai encore envie de chevauchées, d'hommes aux regards noirs, de femmes aux belles chairs. Je ne veux pas oublier, pas tout de suite. Il faut profiter encore. Et oser.

19 mai

À peine les valises posées en terre arlésienne, je saute dans un taxi qui ne paie pas de mine, mais le chauffeur n'a pas quarante ans et il est joli garçon. Je lui dis que je préfère monter à l'avant, même si la tradition est de se placer sur la banquette arrière. Je lui dis qu'à l'arrière des voitures, j'ai mal au cœur. Il m'invite à prendre place à ses côtés. Je lui demande de me conduire aux Saintes-Maries-de-la-Mer.

— Oui, c'est à voir. C'est unique. Y a des gitans qui viennent de toute l'Europe pour célébrer sainte Sara. On l'appelle aussi *Sara e Kali*… Le 24 mai, ils sortent la statue de la crypte de l'église des Saintes-Maries et ils la portent à bout de bras jusqu'à la plage. Et d'autres jouent de la guitare. Et d'autres chantent les chants andalous. Et les gitanes portent les habits de couleur. Les gardians les entourent. Quand on le vit une fois, on le vit toujours…

Mon chauffeur s'est transformé en guide. Il me parle des gitans :

— Vous en entendrez sur les gitans, que ce sont des voleurs et tueurs de poules… Ça les empêche pas d'assister aux processions, ceux qui disent ça… Ils vous diront de planquer votre sac à main, mais eux, c'est bizarre, hein, ne surveilleront pas leurs affaires… Comme quoi…

Mon chauffeur semble vouloir me faire la causette. Sa voix est lourde, grave, veloutée. Sa voix me plaît. Je l'observe du coin de l'œil. Je vois ses sourcils épais, je vois sa bouche charnue, le nez droit. Il n'est pas très grand. Ses mains sur le volant sont larges et longues. Je regarde ses doigts. Je pense qu'il est étonné de mon silence. Je pense que mon silence fait que dans cette voiture qui m'emmène à trente ou quarante kilomètres d'Arles, il y a une drôle d'ambiance. Quelque chose comme un mystère. Je sais qu'il a remarqué que je porte une robe courte. Je sais qu'il a noté ma peau bronzée qui sent l'amour récent, mes escapades ibériques. Je sais que l'étroitesse de l'habitacle, la promiscuité, notre isolement, mon silence, surtout, font monter la tension. Moi, je regarde les mains sur le volant, parfois la droite s'aventure sur le levier de vitesses, frôle le tissu de ma petite robe. Je suis sûre que ça l'excite. Moi, ça commence sérieusement à me chatouiller l'entrejambe. Je luis dis que la clim est trop forte, que j'aimerais bien qu'il la réduise. Il obtempère, se mord la lèvre. Je remarque ça, ce geste de la bouche. Très vite, la chaleur prend davantage de place. J'écarte. Les pans de ma robe. Mes cuisses furieuses. Mes bras. Je colle mon dos bien droit contre le siège. Je m'offre. Tant pis s'il pense que je suis folle, mais le trajet n'est pas long, et je n'ai pas le temps. Arrivés à bon port, ce sera trop tard. Alors, je tente, je le tente. Je mise sur le facteur chance et sur la concordance des désirs. Je ramène mes mains sur la robe, au-dessus des cuisses, à l'aine, presque. Il a vu mes mouvements. Son trouble est visible, ça ne veut pas dire qu'il va céder. Juste, il est troublé.

Mais tout le monde est troublé dans ce genre de situation. Ça ne veut rien dire. Son trouble n'est rien d'autre qu'une étape. Vers moi. Vers l'aine. Vers rien. Rien qu'une étape. Les secondes passent avec lenteur. Je m'étire.

— Tu as chaud, il murmure. Tu es énervée. La chaleur, ça énerve. Tu as voulu baisser la clim, et maintenant tu es énervée. Même, tu as envie de baiser. C'est ça ?

Le tutoiement, les mots qu'il dit tout bas, les mots qu'il emploie, je considère que c'est une invitation. En guise de réponse, je laisse s'échapper un soupir.

— Faut pas proposer l'amour à un gitan, c'est comme lui donner de la musique, lui offrir une jument qui a besoin d'un maître, ou d'un dressage, ou encore d'une cavalcade… Sais-tu que je suis gitan ? Est-ce que tu l'avais deviné ?

Il n'attend pas que je réponde. Ce n'est pas une question, c'est une mise au point. Ou un aveu. Ou une confidence. Ou une amorce. Il ralentit au bord d'une rizière. Au loin, trois chevaux maigres, libres, les crins jaunes, paissent. Il arrête la voiture, mais ne coupe pas le moteur. Il dit qu'il me veut excitée et bien docile. Il dit que les femmes aiment se laisser bercer par le roulement d'un moteur. Il dit que je n'ai pas le droit de le toucher, que c'est lui qui commande. Qu'on va rester dans la voiture et se lécher. Qu'on va baiser peut-être, que ça va dépendre de son envie, qu'il n'a pas toujours l'envie de pénétrer, que sucer peut suffire.

Moi, je brûle. Je m'enferme dans le silence qui jusqu'à ce bord de rizière m'a réussi. Il dit qu'il va remettre la clim, qu'il ne faut pas ouvrir la fenêtre, à cause des moustiques, que lui ne les craint pas, que c'est pour moi surtout qu'il le dit. Il écarte mes mains avec fermeté et lenteur. C'est comme une force immobile, une force de fer. Il empoigne les bords de ma robe. Il dit que je dois enlever ma culotte. Que je suis une belle salope. Que je lui plais, que j'ai un truc qui lui plaît. J'obéis. Sa main plonge sur ma chatte, ses doigts la prennent, la saisissent, la pétrissent. Pressent. Elle jute sans que je comprenne comment ça peut venir si vite. Il dit que mon vagin lui parle, qu'il en a plein la main. Il dit que je suis une petite pute, que si j'étais gitane, il me tuerait. Mais que je suis juste une *ghadi putana,* pas une bohémienne, qu'il va me faire ce qu'on fait aux chiennes de ma race, et que si sa verge explose ce sera ma faute. Je le laisse dans ses emballements. Ce ne sont que des mots. Les hommes ne savent pas souvent la mesure des mots. Ils déballent les mots qui menacent, et puis ils oublient, passent à autre chose. C'est ce que fait mon chauffeur, il passe à autre chose. Heureusement que sa bite a pris le dessus, sa conversation commençait à me tendre. Il y a une justice qui fait que les hommes parlent beau, mais peu. Et c'est bien. Il plonge sa tête entre mes cuisses. J'imagine que c'est une dévotion. Tout en me mâchouillant les grandes lèvres, quelques paroles hispaniques lui échappent. *Putana guapa y buena.* Je n'étais pas saturée d'Espagne avant la Camargue. Je suis servie. Mon chauffeur manque de délicatesse, mais pas d'entrain, et pas d'entraînement. Sa méthode n'est pas de titiller ou chatouiller, il ne lape pas à petits coups rapides, non, lui, c'est un bouffeur de chatte. Il ne s'embarrasse pas de convenance, il y va franco. Je ne savais pas à quel point une telle sauvagerie dans le cunni pouvait être délectable. Il continue, il dévore mon sexe, il me mange, il presse avec sa main, et tout en comprimant l'abricot qu'il a bien en main, il appuie fort juste à la naissance de la fente, à l'endroit où il y avait l'élastique de ma culotte. Je l'entends me dire que je suis une fontaine, qu'il a soif, qu'à un homme il faut servir à boire. Et puis, je n'entends plus rien parce que je jouis…

Il se relève et s'étire. C'est un homme satisfait d'être un homme. Il dit que maintenant, je vais comprendre qui est le maître, que je vais avaler sa bite, et bien profond, que, là, tout de suite, je peux le toucher.

Alors, je le touche. D'abord, en dégrafant le haut de ma robe, et en lui présentant mes seins. Alors, il voit que je ne porte pas de soutien-gorge, comme ses sœurs les gitanes. Je sais qu'il n'a pas regardé mes seins jusqu'à maintenant. Je sais que sa seule attention s'est portée sur nos bas-ventres. Mais c'est le moment où ça bascule. Le moment où il me trouve belle parce que j'ai de bons gros seins et que c'est sûr, ça lui rappelle les mamelles de sa mère quand il était petit, et qu'il était jaloux de son père et que, même à douze ans, il lui aurait bien sucé les tétines, et elle aurait rien dit, non, parce que c'est son fils chéri, mais son père l'aurait pas laissé faire, et il s'est contenté d'en rêver.

Alors, je le touche. Je prends sa tête entre mes mains, doucement. J'attire sa tête vers ma poitrine. D'une main, je caresse ses cheveux, et de l'autre, je lui présente un téton à la bouche. Il ne me suce pas, il me tète. Il aspire, il espère un lait invisible, il invente un lait qu'il imagine boire. Il se défait de son pantalon et de son slip aussi, il s'en défait avec frénésie. Il baisse le siège et m'incline. Il recule le siège et se place devant moi et je ne vois que sa verge veinée prête à craquer. Il mord le sein, le fait bouger dans tous les sens et me fait mal. Il fait basculer vers lui mon bassin, et je pose les pieds où je peux, l'un contre l'appuie-main de la portière, l'autre plus haut sur le volant.

Alors, je le touche. Je casse le silence, le mien, qui l'a tant excité. Je lui dis que je veux sa queue dans ma bouche d'abord… qu'après, il aura et ma chatte et mon cul, mais que d'abord, je veux goûter sa queue, qu'il me l'enfonce au fond de la gorge, que c'est ça qu'il m'a promis au début. Ma demande semble lui convenir, et il enjambe l'obstacle que je représente pour retourner sur son siège. À genoux sur l'assise, il prend mes cheveux et conduit ma tête vers cette magnifique offrande. Je m'applique, c'est la fellation de ma vie. Une prostituée me féliciterait. Je suce bouche ouverte à me décrocher la mâchoire. Il ne doit pas sentir mes dents parce que c'est l'intime, le fond de ma gorge qui doit lui procurer la meilleure des sensations. J'ai un haut-le-cœur magistral, mais le plaisir que j'éprouve à dominer ainsi mon chauffeur est au-dessus de toute nausée. Il dit qu'il préfère jouir en moi, me posséder. Mais pas dans mon cul, parce que la sodomie, il n'aime pas.

Alors, je le touche. Je caresse son sexe très dur. Il revient entre mes jambes, et sans plus attendre, s'enfonce en moi, abat son corps sur le mien avec lourdeur. Voilà, c'est comme sa voix, c'est lourd, c'est profond, c'est orgasmique. Je me sais trempée, je le sens parce que ça coule, et alors que je m'apprête à jouir, il décharge grandement. C'est un grand bonheur. Tant pis pour mon orgasme, j'en aurai d'autres. Le sien est à la hauteur de mes espérances. Il se repose sur moi, et doucement, me dit merci. Je ne m'y attendais pas.

Il se rhabille, je ramasse ma culotte et me rajuste. Il bafouille qu'il est tard et qu'il faut repartir. Arrivés presque aux Saintes-Maries, il s'arrête devant la manade où j'ai réservé une chambre d'hôte. Il effleure ma main et refuse que je paie le trajet.

— Je ne te prends pas pour une pute, mais pour une amie, et mes amies ne paient pas, je les invite.

22 mai

Depuis mon voyage en taxi, je me suis reposée. J'ai profité de la plage et du calme naturel de la manade. Mes hôtes me racontent volontiers des anecdotes camarguaises. D'ailleurs, ils se proposent de m'accompagner le jour de la procession. Il faut dire que leurs manadiers seront de la partie. J'ai visité l'élevage. Les meilleurs chevaux sont rentrés au box la nuit. Ils sont vigoureux et leurs crins sont exempts de ce jaune qui orne leurs frères semi-sauvages. Manon est la fille des propriétaires. C'est une grande bringue saine et charpentée. Elle m'a invitée dès le premier matin à une balade, mais jusqu'à présent, j'ai préféré des loisirs de farniente. Comme toute chose qui peut se passer entre mes cuisses, j'aime l'équitation.

— Vous vous êtes assez reposée, me dit-elle après le petit déjeuner. Il est temps que je vous initie à la monte camarguaise ! Rien que la selle et vous verrez la différence ! Je vous laisse le mâle, il n'y aura pas de problème, les saillies ont eu lieu dernièrement !

Elle me présente une bête très belle, un cheval musclé aux flancs imposants. Comme je ne voulais rien manquer des sensations qu'elle m'a promises, je n'ai rien mis sous mon pantalon d'équitation. Je la regarde harnacher les animaux et je ne peux m'empêcher d'imaginer ce que je pourrais faire avec un bon partenaire et ces lanières, ces éperons, le lasso accroché au mur, la cravache qu'elle me prête.

À peine en selle, elle m'entraîne à travers les chemins caillouteux, et nous nous approchons au plus près des salins sans déranger les troupeaux. Elle me demande si j'ai envie d'un galop. J'acquiesce. La selle entre mes cuisses est dure, le cuir est d'une finesse étonnante. Je suis maintenue à l'avant et à l'arrière, et ne peux me baisser. Le galop me projette à l'avant du siège, je résiste, mais je ne suis pas la meilleure cavalière, et la selle est particulière. Mon sexe frappe contre le taquet avant qui m'empêche de me pencher sur ma monture. Je m'habitue à ce heurt, je le trouve excitant. Je me demande si mon cheval ressent mon trouble. En l'espace de quelques secondes, je l'imagine au moment de la monte sortir son sexe démesuré et saillir une jument entravée dont on a relevé la queue pour faciliter le travail de saillie. Mon clitoris se paie le luxe d'un plaisir discret. Ma monitrice n'en sait rien puisqu'elle me précède. Qui sait s'il lui arrive la même chose, et qui sait si c'est comme ça tous les jours pour elle. Après cette promenade, je la remercie chaleureusement, et nous bavardons jusqu'à l'apéritif.

24 mai

Je suis dans la foule avec Manon. Ce spectacle vivant, aux mille couleurs, le bruit des sabots et les manadiers en costume d'apparat, les gitans et leurs guitares, les chants qui me rappellent l'Andalousie, la chaleur qui n'est pas encore écrasante comme en été, cette liesse, vraiment, un bonheur. C'est sûr, je ne partirai pas demain, je profiterai des couleurs de la Camargue jusqu'au dernier jour.

La tentation de Palerme

Octavie Delvaux

La Sicile, Gwen en rêvait. Sa simple évocation la transportait dans un univers de clichés, où des hommes fiers aux lourds secrets et des bigotes vêtues de noir évoluaient sur fond de paysages plombés de soleil et de tablées familiales.

Lorsqu'elle avait fait la connaissance de Maria, une collègue originaire de Palerme, son intérêt pour l'île s'était encore accru. Maria lui parlait de maquis, de *cannoli,* de *caponata,* de spectacles de marionnettes, de superstitions…

Devenues amies intimes, les deux jeunes femmes avaient planifié un séjour à Palerme pour l'été. Maria y avait de la famille : sa tante Teresa les accueillerait dans son appartement du quartier de la cathédrale. Gwen se faisait une fête de ce voyage. Aussi, quand Maria se vit contrainte d'annuler le déplacement à cause d'une cheville cassée, sa déception fut amère. Son amie insista cependant pour qu'elle parte sans elle. Sa tante était toujours disposée à la recevoir.

Par un bel après-midi de juin, Gwen verrouilla sa valise et s'envola pour la Sicile. Il faisait nuit quand le taxi la conduisit vers l'appartement de madame Brancato. Gwen levait les yeux vers les façades des immeubles cossus de la rue Maquena. L'éclairage nocturne donnait au décor baroque des allures inquiétantes : des mascarons grimaçants ricanaient sur son passage. Les palmiers, plongés dans les ténèbres, surgissaient du pavé comme des torches. Gwen ne comptait plus les frontons des églises : la ville en était truffée. À chaque coin de rue, s'élevaient des colonnes de marbre flanquées de niches creusées dans la pierre. Toutes abritaient des statues de saints qui, du haut de leur piédestal, rappelaient les pécheurs à leurs devoirs.

L'accueil de madame Brancato fut des plus chaleureux. En dépit de l'heure tardive, elle attendait Gwen avec du café et des biscuits. À table, on parla autant par gestes que par mots. La tante déplia un plan de Palerme pour désigner les lieux incontournables.

Il n'est rien de plus excitant que d'arriver dans une ville inconnue de nuit, et de s'endormir en imaginant les surprises du jour…

Au réveil, Gwen, rongée par la curiosité, se dirigea vers la fenêtre de sa chambre. En écartant les rideaux, elle ne fut pas éblouie par un ciel éclatant. Au contraire, une lumière blafarde éclairait faiblement la rue.

Le beau temps ne tarderait pas à pointer le bout de son nez, pensa-t-elle en s'habillant d'une robe de coton blanc et de sandales. La déception l'attendait sur le trottoir. Un ciel d'orage jetait sur la ville un voile de grisaille qui accablait même les façades les plus colorées. À mesure qu'elle cheminait dans les artères sombres, Gwen, malmenée par des bourrasques de vent, frissonnait sous l'étoffe légère de sa robe. Bon sang, on était au mois de juin, à Palerme, et il ne devait pas faire plus de dix-huit degrés ! Elle reçut les premières gouttes de pluie sur sa peau. La bruine se mua bientôt en une sérieuse averse, qui inondait les trottoirs et rebondissait sur les épaules des passants. Gwen, qui avait dépassé la place de la Victoire, entrevit la silhouette imposante de la cathédrale. Elle courut s'abriter sous ses voûtes accueillantes.

Trempée, grelottante, elle contemplait la pluie sur Palerme. Il ne fallut que quelques secondes aux premiers vendeurs de parapluies pour se montrer… Bientôt armée d'un spécimen, dont les baleines se retournaient au moindre coup de vent, Gwen ne se trouvait pas plus au sec. Ses pieds clapotaient dans ses sandales. Le sol glissant risquait à tout moment de se dérober sous ses semelles. Dans la vitrine d'un magasin de chaussures, une paire de bottes de pluie en caoutchouc imprimé écossais, perdue parmi des espadrilles, lui fit de l'œil. Elle se précipita dans le magasin, en ressortit bottée.

Gwen reprit sa route le long du corso Vittorio Emanuele semé de cafés et de magasins de breloques que la pluie arrosait par intermittences.

Une fois qu'elle se fut attablée dans trois troquets différents pour y commander des expressos, la jeune femme, les tempes palpitantes de caféine, dut se rabattre sur d'autres abris. Faute de lieux plus appropriés elle entrait dans des boutiques, feignait de s'intéresser aux marchandises, puis quand la pluie perdait de son ardeur, elle ressortait sans rien acheter.

C'est ainsi que les intempéries poussèrent Gwen dans un des nombreux magasins d'articles religieux du quartier de la cathédrale. La boutique proposait des vêtements de cérémonie : aubes de communiants, chasubles, habits liturgiques, ainsi que des statues et babioles en tout genre… La Française, qui n'avait jamais rien vu de tel, ouvrait de grands yeux devant les madones grandeur nature, les étoles brodées d'or…

— Desidera ?

Gwen se tourna vers son interlocuteur. Elle l'aperçut dans l'embrasure de la porte qui menait à l'arrière-boutique. L'homme, un jeune prêtre en soutane, la regardait d'un air surpris.

Gwen ne s'attendait pas à ce qu'un religieux tînt le magasin. Elle fut surtout frappée par la beauté ténébreuse du vendeur, que son sévère habit ecclésiastique rendait plus troublante encore. Grand, plutôt maigre, le prêtre, peau et cheveux très bruns, arborait un visage noble, long, étroit, si caractéristique des hommes d'Italie du Sud. Sublimés par un nez racé aux narines arquées, au-dessus d'une bouche très ronde, ses traits impassibles affichaient la perfection des statues tout autour.

Le prêtre fixait la Française de ses grands yeux noirs.

C'est alors que Gwen réalisa l'impudeur de son accoutrement. Sa robe trempée, rendue transparente par l'eau de pluie, collait à ses formes généreuses. Ses seins galbés, plantés haut sur le buste, pointaient sous l'étoffe, qui laissait deviner la raideur des tétons. Le coton mouillé épousait aussi la chute de reins à la courbe arrogante. Ses cheveux, qui frisottaient et gouttaient sur ses épaules, lui donnaient des airs de femme-enfant. Les bottes de caoutchouc, en totale opposition avec la ligne classique de la robe, complétaient son allure d'ingénue perverse.

Pour lutter contre le sentiment de honte qui l'envahissait, Gwen bafouilla quelques mots en français. L'usage voulait qu'on pardonne plus volontiers aux touristes leurs excentricités vestimentaires.

À son grand étonnement, le prêtre, qui affichait un sourire aimable, lui répondit dans un français parfait :

— Vous êtes française ! Venez-vous ici en touriste ?

Gwen acquiesça.

— Quelle malchance pour vous ! Nous n'avons pas eu un temps pareil en juin depuis des années. Mais vous êtes trempée… venez vous réchauffer. Je vais allumer le radiateur.

La tête pleine de préjugés sur les ecclésiastiques, Gwen était loin d'imaginer pareille réaction. Au lieu de la chasser de sa boutique en maudissant son indécence, le prêtre l'invitait à se sécher au coin du feu. Conquise par sa gentillesse, elle se laissa installer devant le radiateur sans protester. Devant la source de chaleur providentielle, elle s'étirait avec des grâces félines.

— Vous parlez très bien le français : où l'avez-vous appris ? demanda-t-elle à son bienfaiteur.

— Auprès de mes frères jésuites. Je ne suis jamais allé dans un pays francophone.

Le regard du prêtre semblait aimanté par les bottes luisantes de Gwen. Il s'en expliqua :

— Vous devriez les enlever. Vos pieds doivent être mouillés.

La jeune femme s'échina à tirer sur ses bottes sans parvenir à les faire glisser d'un millimètre. Ses pieds adhéraient aux semelles. Le religieux s'agenouilla devant elle. Devant son étonnement, il précisa :

— Je vous en prie, ne soyez pas gênée, Jésus lui-même a lavé les pieds de ses disciples.

Voir l'homme d'Église, dont la grâce dépassait encore la beauté, recroquevillé devant elle dans une posture pleine d'humilité bouleversa Gwen. Pareil spectacle lui échauffait les sens. Des frissons la traversèrent quand elle sentit la pression des mains du prêtre autour de sa cheville. D'un geste puissant, il tira pour détacher la botte du pied prisonnier du caoutchouc. Quand sa paume frôla par inadvertance la peau nue de la jeune femme, l'homme manifesta son trouble. Et son regard prit une expression égarée quand il découvrit les adorables orteils aux ongles laqués. Il était si touchant, et sacrément sexy ! Ses pupilles dilatées trahissaient la tempête de désir qui faisait rage sous son crâne. Le bien et le mal menaient un combat qui mettait son sacerdoce à rude épreuve.

Une fois sa tâche effectuée, il se releva en hâte et fit diversion.

Gwen n'était pas dupe. Elle était certaine qu'un lien venait de se tisser entre eux. Encore sous le choc, elle n'était pas prête à laisser filer son religieux. Elle regrettait de ne pas en avoir profité pendant qu'il était si vulnérable. Un geste d'elle, une caresse, aurait peut-être suffi à le faire flancher.

Elle épiait ses faits et gestes, tâchant de deviner les lignes harmonieuses du corps sous la soutane. Elle imaginait la teinte cuivrée du torse, la douceur, l'odeur masculine de la peau. Elle rêvait de ses mains sur elle, de ses lèvres contre les siennes, de sa langue humide – de la transgression que ces attouchements impliquaient.

S'il avait trouvé la force de se dérober, le prêtre ne parvenait toutefois pas à se défaire de la fascination qu'exerçait sur lui sa cliente aux pieds nus. Il lui parlait toujours, quand la Française remit ses bottes, puis fit mine de partir pour tester sa résistance. Dehors, il pleuvait encore à verse :

— Vous n'irez pas loin avec ce jouet pliable. Laissez-moi vous raccompagner chez vos logeurs, lui dit-il en se munissant d'un gigantesque parapluie.

Gwen retrouvait espoir. La joie l'envahissait à l'idée de prolonger le moment magique. La traversée du corso Vittorio Emanuele sous le parapluie du beau prêtre fut un moment béni. Le rapprochement induit par leur situation aiguisait le désir qui les tiraillait. *« Un petit coin de parapluie contre un coin de paradis, il avait quelque chose d'un ange… »* Le contact des épaules du jeune homme, le frôlement de ses avant-bras contre les siens mettaient la petite Française dans tous ses états. Gwen, sur un nuage, se sentait indifférente à tout ce qui se passait hors du domaine protégé du parapluie.

Peut-être était-ce la manifestation des foudres des cieux, mais la jeune femme interpréta l'orage qui, à ce moment précis, creva au-dessus de leurs têtes comme un signe de la providence. Cette fois, plus d'avancée possible : le ciel explosait dans une fureur terrifiante ! Des grêlons gros comme des billes frappaient la chaussée. Les deux jeunes gens coururent s'abriter sous la voûte d'entrée d'une minuscule ruelle. Dans le mur était creusée une niche grillagée où les fidèles avaient déposé des fleurs en l'honneur d'une statue de la Vierge. À la vue de la Madone, le prêtre se signa. Cherchait-il une protection contre les assauts de sa terrible voisine ? Gwen ne s'en laissa pas conter : la ferveur du prêtre ne le rendait que plus désirable à ses yeux de perverse. Ils étaient seuls, collés l'un contre l'autre, à l'abri des regards…

Gwen se projeta contre le torse de l'homme d'Église, bien résolue à lui voler un baiser. Mais c'était sous-estimer les défenses du prêtre. D'un geste désespéré, il la repoussa, puis se retourna face au mur pour se soustraire à la tentation. Ses ongles griffaient la pierre humide. Gwen se tenait derrière l'homme aux abois, replié sur lui-même, tremblant de froid et de désarroi. Elle fixait la nuque délicate, ceinte par le col noir de la soutane qui soulignait la couleur ambrée de la peau : un velours au grain appétissant. Il était beau, et toujours à sa merci. Elle s'approcha tout près, colla sa poitrine contre son dos agité de soubresauts. Ses chairs moelleuses de fille enveloppaient les flancs musculeux. Son sang tambourinait contre les parois de son vagin. Elle entendait leurs respirations s'accorder, leurs cœurs battre à la même cadence. À ce moment seulement, elle approcha ses lèvres de son cou, lui parla à l'oreille. Le grondement de la foudre rendait ses paroles presque inaudibles. Mais elle devinait qu'il l'entendait :

— Si tu me laissais faire, tu te retournerais. Nous nous enlacerions avec passion. Je t'offrirais des baisers auxquels tu ne pourrais pas résister. Tu sentirais mes seins s'aplatir sur ton torse. Je dégraferais ma robe, dirigerais tes mains qui meurent d'envie de les soupeser. Ils sont si opulents, mes seins, qu'ils déborderaient toujours de tes doigts. Tu les malaxerais, titillerais mes pointes dressées. Sous tes caresses, je me tordrais de plaisir. Mes gestes se feraient audacieux, mes attitudes coquines. Je serais tellement impatiente de découvrir ton corps que je ferais sauter les boutons de ta soutane. Mes doigts trembleraient d'excitation quand j'écarterais les pans. Ta peau m'apparaîtrait. Ma langue parcourrait ton buste. Je savourerais le goût salé de ton épiderme. Je sucerais tes seins avec délectation, mordillerais tes tétons à te faire voir des éclairs. Puis je m'agenouillerais devant toi, sur le pavé humide, pour mieux contempler la bosse sous ta braguette. Tu portes un pantalon sous ta soutane. Je sens ta ceinture de cuir contre mon sexe en feu. Et tu bandes rien qu'à sentir ma chatte affamée contre tes fesses… tu bandes comme un cerf !

Elle poursuivit d'une voix plus sourde :

— Comme j'aime me la figurer, ta belle queue raide dans ton austère pantalon. Il me suffit de l'imaginer pour perdre la tête. Tu ne sens pas comme je dégouline à la simple pensée de ta verge ? J'y poserais d'abord ma tête, pour écouter sa vie tumultueuse. Elle se rebifferait, fougueuse comme un cheval. Mais, en glissant mes doigts dans ta braguette, en l'empoignant de tout son long, je saurais la soumettre à ma volonté. Je la rassurerais de mes caresses, l'apaiserais de mes baisers, la cajolerais du bout des lèvres, l'accueillerais dans le berceau de ma bouche. Alors, tes dernières défenses s'évanouiraient, et tu goûterais enfin à l'abandon. Oui, ce plaisir unique de sentir mes lèvres avides glisser le long de ton membre, ma gorge affamée aspirer ton sexe, ma langue exciter ton gland juteux… tout ça, oui, tout ça ne tient qu'à toi. Tu ne peux pas imaginer mon bonheur si seulement tu me laissais faire ça, juste ça, mais longtemps, au plus profond de ma gorge, de tout mon cœur et de toutes mes forces, jusqu'à ce que tu n'en puisses plus de te retenir, jusqu'à ce que tes mains de possédé s'agrippent à mes cheveux, que ta verge engorgée demande enfin grâce ! Alors, quand je sentirais les spasmes de l'orgasme agiter ton bas-ventre, j'extirperais ta queue des profondeurs de ma bouche, m'assiérais entre tes jambes pour gober tes couilles durcies d'excitation. Je les pomperais toutes les deux ensemble, m'en régalerais jusqu'à l'étouffement, tout en branlant ta bite prête à exploser. Puis j'orienterais ton gland en direction de mes bottes de pluie. J'attendrais la douche de jus. Ton plaisir, si longtemps contenu, jaillirait en déluge de sperme, qui maculerait de giclées le caoutchouc de mes bottes ! Voilà, mon père, voilà tout ce que j'attends de toi. Oh, bien sûr, si tu veux me secouer, me lécher, me baiser par quelque orifice que se soit, je me laisserais faire avec une infinie reconnaissance. Dans tes bras, je jouirais comme tu n'as jamais dû voir une femme jouir. Mais je n'en demande pas tant. Juste ta queue au fond de ma gorge pour quelques instants d'extase partagée, et ton foutre comme couronnement…

Gwen, qui, tout au long de son monologue aux terribles accents de sincérité, n'avait cessé de frotter son sexe contre les reins du beau prêtre, sentait monter son orgasme. Les secousses qui la terrassèrent firent tressaillir le pauvre homme dont la voix n'était plus qu'une plainte déchirante. La morsure qu'elle appliqua sur sa nuque pour la marquer lui asséna le coup de grâce.

— Non, non, murmura-t-il, en s'affaissant sur le sol comme un pantin désarticulé, la tête entre les mains. Non, pas comme ça, pas ici, tu me mets au supplice !

Gwen comprit qu'il ne la refusait pas, puisqu'il était toujours là, à ses pieds. Pourtant, elle n'en profita pas. Sa jouissance obtenue, elle lui jeta un dernier regard : la soutane bouffait autour de ses jambes tel un parapluie déployé.

Gwen tourna les talons.

Elle réalisait qu'elle avait tiré toute sa satisfaction de l'enfer qu'elle venait de faire vivre à l'homme de Dieu. Elle avait joui de son martyre. Et à présent qu'elle l'avait réduit à l'état de tache noire dans la boue, il avait perdu tout charme à ses yeux…

Elle s'avança sans se retourner jusqu'au corso Vittorio Emanuele, laissant le prêtre à ses démons.

Les premiers rayons du soleil perçaient les nuages.

La colo

Dora B.

Sur la photo, je suis la troisième en partant de la gauche, le rang du fond, les grandies trop vite. J'ai des lunettes à monture métallique, rondes, une frange mal seyante qui s'arrête au milieu du front, entre plouc et baba cool. C'est la classe de terminale A du lycée de Loudéac, « Loudia » en parler gallo, un gros bourg lugubre de Bretagne, la Bretagne du centre, dévastée par le remembrement, infestée par les élevages de porcs, spécialisée dans l'agroalimentaire. Rien de joli, pas de Côte sauvage, ni de mystérieux monts d'Arrée. Le monde agricole à l'état brut.

Juin 73, les filles portaient de pantys à bordure de dentelle, mais pour les règles, c'étaient encore les serviettes en gros tissu éponge tenu par des épingles à nourrice sur les culottes en coton.

Nous venions d'avoir le bac, c'était un sauf-conduit pour s'échapper, sortir du trou du cul du monde, prendre l'ascenseur social, direction ailleurs.

À dix-huit ans, j'étais encore vierge. Au lycée, des rumeurs effroyables circulaient sur la douleur et les flots de sang.

Pourtant, dans ce milieu rural, la sensiblerie n'était pas de mise : on fracassait la tête des chatons sur le mur, on ouvrait le bec des poulets au couteau, on fendait les porcelets de haut en bas pour leur sortir les tripes (ensuite je me souviens du charcutier qui, dans la rivière, extrayait la merde des intestins au fil de l'eau. La peau servait au boudin).

Mais baiser tenait du sacrifice, à les croire. Je les croyais. Toutefois, je trouvais aux initiées une aisance dans le déhanché que j'enviais.

J'étais demi-pensionnaire, je prenais matin et soir le car de ramassage scolaire qui faisait le tour de lieux-dits et fermes pour y déposer les grandes fratries, les Soulabaille (trois frères, deux sœurs), les Carimalo (une dizaine), les Beaudic. J'étais l'aînée de trois frères et sœurs, avec une mère au foyer frustrée dans ses rêves d'indépendance, toujours irritée, surtout contre mon père. Mon père, c'était le vétérinaire de la commune, et ça, c'était quelque chose. L'un des notables du village, avec le médecin, le pharmacien, le notaire. Quand il m'emmenait en visite avec lui, j'étais la petite reine. Il portait une veste en tweed, des culottes de cheval, de hautes bottes en caoutchouc. Les agriculteurs me donnaient du « petite demoiselle », nous saluaient avec une servilité quasi féodale. Je l'accompagnais partout dans le break aux odeurs de médicaments, avec parfois les curiosités qu'il collectionnait, embryons difformes, moutons à cinq pattes, et surtout les bézoards, ces pelotes de poils retrouvées dans l'estomac des vaches.

Je le revois encore, torse nu, le bras enfoncé jusqu'à l'aisselle dans la matrice d'une vache qui peinait à vêler. À mes yeux de petite fille, il était l'essence même de la virilité, l'incarnation du charisme mâle. Thierry la Fronde et autres Fanfan la Tulipe pouvaient aller se rhabiller. Papa avait un torse magnifique, large et puissant. Et un sourire de dieu.

La paille, l'odeur chaude de la bouse, le bruissement des animaux, c'est dans ce contexte païen que j'eus mes premiers émois sensuels.

Puis j'ai grandi, et mon père s'est moins intéressé à moi. Il me voulait sportive, j'étais timorée. Il ne m'emmenait plus en visite. Il avait autre chose à faire que de s'occuper d'une fille rondelette qui chouinait en permanence.

De mon côté, j'en avais assez de ses exigences scolaires et de ses remontrances humiliantes. Je n'en pouvais plus de l'entendre raconter son enfance malheureuse, le sol en terre battue, ses marches vers l'école en sabots, les ampoules en sang collant aux chaussettes et les Noëls où il recevait « une pomme d'orange ». Je n'en pouvais plus du récit des roustes que mon grand-père ivre flanquait à ma grand-mère. Ce n'était pas mon histoire, et s'il avait voulu pour moi une autre vie que la sienne, pourquoi me le reprocher ?

Vers quinze ans, j'eus la permission d'aller au bal du village. Cela se passait à la salle des fêtes, il y avait un orchestre. Quand c'était la série des slows, les garçons défilaient en file indienne devant les filles assises. C'était très codifié : le garçon convoité s'arrêtait devant vous et tendait la main avec un signe du menton, et vous étiez invitée. Ou alors, il passait à la voisine sans un regard. Souvent, je restais là, seule entre deux chaises vides. Je m'engourdissais pesamment sans bien savoir si j'étais déçue ou soulagée.

Une fois, mon père, m'ayant prise en pitié, m'invita pour une valse. Je me souviens très précisément de la sensation de mes seins s'écrasant contre son torse quand il me serra d'un peu près pour me guider. De ma chair molle à cru contre sa poitrine dure et de son odeur d'homme mûr échauffé. Mon écœurement.

Quelque temps après, j'ai été invitée par Michel Queinnec, le fils du gros éleveur de poulets de Blanlin. Quand il m'a attirée contre lui pour le slow *A Whiter shade of pale,* j'ai senti son bas-ventre contre le mien, sa proéminence. Une nappe d'intense chaleur a irradié mon ventre, le haut de mes cuisses, une sensation inconnue, comme une coulée de lave éblouissante. Puis je l'ai vu échanger des signes de connivence avec ses copains qui se gondolaient à la buvette. Il n'empêche, je fus amoureuse pendant des semaines, mais bizarrement, je ne le croisais plus dans les rues du village. J'étais devenue très rêveuse et encore plus méfiante. Le soir, je serrais mon traversin entre mes cuisses et je me retenais de gémir pour ne pas réveiller ma sœur.

Au lycée, il y eut quelques flirts, cela n'allait jamais plus loin que des regards, des frôlements. Cela me suffisait pour m'inventer des romances dont je reprenais le fil chaque soir, le front contre la vitre du car. Après Michel, André occupa longtemps mes pensées. Il était arrivé après un renvoi pour indiscipline. Son look de minet provoquait la fascination dans notre milieu de petits campagnards, coupe dégradée à la Mike Brant, Ray-Ban fumées et pantalon pattes d'eph. On disait qu'il sortait avec une pionne, une vieille de vingt-deux ans.

Avec le bac, une page se tournait. J'avais décidé, pour gagner un peu d'argent, de faire une colonie de vacances cet été, ce qui me permettrait en outre de passer trois semaines au bord de la mer. La colonie du canton était traditionnellement implantée à Binic, « la perle des embruns », petit port des Côtes-du-Nord, les biens nommées (l'office du tourisme n'avait pas encore changé ce nom peu attirant pour les vacanciers).

Une soixantaine d'enfants de six à seize ans, dix moniteurs et monitrices. J'avais mon petit carnet plein de comptines, chants de veillées, chants de marche, jeux d'intérieur, d'extérieur.

J'avais en charge des mouflets qui pleuraient leur mère tous les soirs de la première semaine, et dont certains pissaient encore au lit.

J'aimais la compagnie des enfants, leur contact. Les plus petits, surtout, m'adoraient. Avec eux, je pouvais me laisser aller à faire le clown, je les laissais me coiffer, m'ensevelir dans le sable, je leur abandonnais mon corps, ils s'en faisaient un jouet, un parcours. Toute ma peau était avide de contact, d'un contact d'une sensualité animale, comme une mère chien laisse ses petits s'agiter contre ses flancs, lui mordiller le poil, tirer sur ses tétines, en fermant à demi les yeux de béatitude.

En même temps qu'une trouble volupté me prenait en les sentant grouiller contre moi, je savais que je leur volais quelque chose.

Il me semblait que je renaissais dans l'air marin vivifiant, où le corps était sans cesse sollicité, voire malmené par l'eau glacée, le vent vif, le petit soleil piquant. J'étais en osmose avec ces éléments rudes, je sentais la chair de poule me hérisser le poil des bras, mes tétons se crisper. J'étais tendue, ferme, vivante. J'ouvrais ma fente du doigt pour qu'elle s'irrigue de la froideur saline. De ma chatte, j'aspirais l'océan, puis d'une contraction, je ressortais un jet tiédi. Je me régénérais. Mes cuisses s'affinaient, mes cheveux prenaient des reflets fauves, des taches de rousseur donnaient à mon visage un charme nouveau.

Les autres monos étaient plutôt sympathiques. Je m'entendais bien avec Yvon, un grand costaud calme qui s'occupait des ados et des activités nautiques. Un genre d'amitié virile s'était instaurée entre nous. Du coup, nous faisions souvent équipe ensemble. Les plus grands s'occupaient des plus petits. Son groupe était constitué d'adolescents champêtres, à des stades divers de l'évolution pubertaire. Pour les filles, c'était déjà réglé, petites femmes qui minaudaient pour se faire bien voir du mono, piaillant quand leurs cheveux étaient mouillés, renâclant à toute activité physique.

Pour les garçons, ça donnait des physiques improbables, nez énorme au milieu de visage encore enfantin, jambes poilues de girafon et torse imberbe, acné insistante qui n'épargnait pas les épaules, redoutable duvet sur la lèvre supérieure qu'ils se gardaient bien de raser, fumet de jeunes fauves fâchés avec la toilette, voix de stentor qui virait au fausset. Avec tout cela, des comportements goguenards, des échappées de poneys sauvages, des chahuts, des rires, des bousculades.

Un soir de veillée, je me retrouvai assise sur les gradins à l'arrière. Devant moi, une nuque rougie par un coup de soleil, un filet de duvet blond sur des vertèbres saillantes, des épaules osseuses dans un débardeur. Loïc avait un charme bien particulier, celui du voyou qu'il allait devenir, du macho qui s'ignore encore. Bon élève et enfant de chœur, qui avait commis son premier vol à dix ans. Le teint clair des Bretons du Finistère, des yeux étrécis de petite frappe et un épi qui tordait une mèche sur son front bombé, lui donnait une grâce malsaine. Il était boudeur et agressif.

J'avais envie de toucher cette peau. Je suivis du doigt cette ligne duveteuse, posai ma main sur son omoplate.

Mon cœur battait à cent à l'heure, je savais que je franchissais une limite, mais c'était plus fort que moi. Il se retourna, me regarda en douce. Mais j'avais repris un visage impassible, et mon regard était dirigé droit devant. Je le sentis douter. Cela avait-il eu lieu ? Il reprit sa position, mais son immobilité était comme parcourue d'ondes électriques. Une légère chaleur qui restait dans ma paume. La séance de télé se termina. J'évitai son regard. Mais j'avais mis le ver dans le fruit. Il était intrigué, tournait autour de moi, il me proposa son aide pour ranger les chaises. Je transformai cela en un jeu, il était devenu mon assistant. Il s'empressait. Je me découvrais le pouvoir d'établir une emprise sur un autre, et c'était enivrant.

Le lendemain, il était plus rouge encore, à croire qu'il avait fait exprès de se laisser rôtir au soleil pour venir quémander mon aide. Il fallut bien que je lui mette de la Biafine sur les épaules, descendant le long des biceps fins, sur sa cage thoracique maigre, en prenant bien plus de temps que nécessaire. Et j'y allais encore plus fort pour cacher son trouble et le mien, caresse rugueuse, de camarade, en terminant d'une bourrade.

La tension montait. À la suite de Loïc, c'était maintenant toute la bande des garçons qui était toujours fourrée avec moi, qui rivalisait de bêtise pour se faire remarquer, de plaisanteries pour me faire rire… Le directeur me fit une remarque pour me rappeler que ma place était auprès des petits, mais je me fis fort de lui expliquer les bienfaits de cet échange avec un aplomb que je ne me connaissais pas.

Je n'étais pas la seule à qui l'air iodé faisait de l'effet. Ce grand benêt d'Yvon avait succombé aux charmes de Claudie, la plus rouée des grandes filles, et dès qu'il le pouvait, s'éclipsait avec elle pour la peloter et lui rouler des pelles.

Un jour, il surprit ma main qui glissait sur l'avant-bras de Loïc. Nos regards se croisèrent...

Après la réunion d'équipe du soir, où nous faisions le point sur la journée et organisions les activités du lendemain, il me prit à part. « J'ai vu qu'il se passait quelque chose avec un de mes gars », je commençais à me sentir verdir. Mes intestins se mirent à gargouiller de manière affreuse. « Dans trois jours, c'est la fin de la colo, je voudrais bien passer au moins une nuit avec Claudie. Voilà ce que je te propose : puisque demain, tu fais la nuit, tu me l'envoies quand tout le monde dort. Quand elle arrive, je t'envoie Loïc. » Il me servait mon fantasme sur un plateau, je me demandais si je ne rêvais pas.

Le bâtiment des filles était distant de celui des garçons d'une bonne centaine de mètres. Quand j'allai secouer Claudie, elle me gratifia d'un sourire complice absolument odieux, avant de se glisser en silence hors du dortoir.

Quelques minutes plus tard, j'entendis un juron étouffé. Loïc venait de rater une marche dans le noir. Il entra, se figea comme un lapin pris dans les phares d'une voiture. Il était tétanisé, essoufflé, mais bravache. J'étais sur le lit, je portais une fine chemise de nuit en coton blanc. J'éteignis la lumière, il nous fallait le refuge de l'obscurité pour oser franchir le pas. Il posa ses lèvres tremblantes sur les miennes, et ses mains se mirent à me pétrir les seins. Il était maladroit, il me faisait mal, mais cela ne dura pas longtemps : il déchargea tout de suite dans son short.

J'étais dépitée, lui penaud.

« M'en veux pas, c'est la première fois. En plus, avec une fille belle comme toi, c'est parti tout seul. » Je me gardais bien de lui avouer que nous étions sur un plan d'égalité, je voulais garder ce petit avantage.

Mon corps habituellement si lourd, était incroyablement souple et délié. Je me coulais sous lui, passait mes jambes autour de ses hanches dures de garçon. Il bandait à nouveau. Sa queue violente, dans un buisson de boucles légères, palpitait. Je la voulais en moi.

Je le guidais de mes cuisses vers mon sexe, je n'avais plus peur, je tenais l'instrument de ma défloration : un dard aigu et roide, avec lequel je me poignardai. Je sentis la membrane se fendre comme une soie qu'on déchire, une brûlure légère que la giclée de foutre frais vint apaiser. Dans ma tête, c'était une explosion de joie, un éblouissement, comme si un barrage venait de céder, et je me mis à pleurer.

Il arrêta ses mouvements spasmodiques, interdit, et me caressa les cheveux avec des gestes maladroits. « Ben alors, ça te fait tant d'effet que ça ? Je t'ai fait mal ? »

Pour toute réponse, je serrais contre moi son corps qui sentait le caramel et le varech, j'embrassais sa peau au grain enfantin, bien trop douce pour une peau d'homme.

Puis Claudie toqua à la porte. Loïc fila.

Je m'endormis, le sang et le foutre mêlés coulaient de moi. Je m'étais faite femme, cet hymen perdu, personne ne me l'avait pris, c'était comme un talisman désormais.

Cette nuit-là, je fis un rêve : je courais à côté de mon père, je peinais à avancer et il se moquait de moi. Tout à coup, je réalisai que je courais sur mes genoux et que je pouvais me mettre sur mes pieds. Je partis d'un grand éclat de rire et je le dépassai.

La campeuse

Frédéric Richet

Mes parents possèdent des hectares de terre en Lozère, mais, à mesure que les années passent, il devient difficile pour eux de faire rentrer de l'argent, même s'ils diversifient leurs activités. Ils se sont lancés dans l'élevage d'autruches l'an dernier, parce qu'il y a une demande des restaurateurs pour cette nouvelle viande. Et ils ont décidé de louer certains terrains à des campeurs.

C'est comme ça que j'ai fait la connaissance de Charlotte et de Pierre. Ils sont arrivés un beau matin de juillet. C'étaient des étudiants de la région parisienne. Ils n'avaient pas trop de moyens, d'où le choix du camping. Je les ai vus au volant de leur vieille 4L. Pierre est descendu. C'était un type grand et bien bâti. Il devait avoir vingt ans, j'en avais cinq de moins. Moi aussi, j'étais grand, avec un corps endurci par les travaux de la ferme. J'avais déjà pas mal de succès parmi les filles des environs, pas seulement celles de mon âge. J'étais un jeune coq. Pourtant, quand j'ai aperçu Pierre, j'ai compris que je n'en étais pas vraiment un. Je me suis vu tel que j'étais aux yeux du couple : un petit paysan mal dégrossi.

Elle était brune et elle éblouissait. Mes parents parlaient avec Pierre pendant que je la regardais. Elle était alanguie dans le fauteuil passager de la 4L. Elle avait fait passer ses longues jambes encore blanches par la fenêtre. Elle semblait somnoler, mais je me suis rendu compte qu'elle sentait mon regard sur elle. Elle a eu un sourire sarcastique, avant de redevenir indifférente. Mon regard a glissé le long de son corps. Elle portait un corsage très simple, sans soutien-gorge dessous. Sa poitrine généreuse tendait le tissu. Son ventre était enserré par un petit short en jean dont je n'apercevais qu'une partie.

Je ne sais pas pourquoi elle m'a troublé à ce point. À la campagne aussi, il y avait des jolies filles. Mais, au fond de moi, j'avais le complexe du bouseux qui estime que les filles de la ville sont forcément plus jolies.

Plus tard, dans l'après-midi, alors que je revenais de faire vêler une vache, mon père m'a dit :

— Tiens, tu vas aller leur porter un cadeau de bienvenue !

Il avait préparé un panier avec des productions maison : du saucisson, du pain, du fromage, du vin qu'il faisait lui-même. J'avais envie de refuser, mais j'y suis quand même allé.

On possédait des hectares et des hectares, et je ne savais même pas où ils étaient installés. Je lui ai demandé de me donner des précisions avant de partir. Comme je connaissais nos terrains par cœur, je suis passé par des raccourcis.

Ils s'étaient mis sur une colline bordée par une forêt. À travers les arbres, j'ai aperçu l'espace nu, la butte pelée, et une tente ronde… J'ai aussi entendu les gémissements, mais sur le moment je n'ai pas compris… ils se confondaient avec les divers bruits de la forêt. Ce n'est qu'au moment de sortir du bois que je les ai vus. Ils se tenaient sur une zone découverte à l'entrée de la tente. Elle était à quatre pattes. Le short en jean, qui un moment auparavant couvrait son ventre, était descendu à ses genoux, de même qu'une culotte blanche. Elle avait les jambes entrecroisées et le cul tendu vers lui. J'avais déjà fait l'amour à pas mal de filles, mais pas de cette façon. Elle avait le visage tourné de trois quarts. Sa jouissance s'exprimait par l'expression de son visage, mais aussi et surtout par l'index qu'elle enfonçait dans sa bouche… C'était cette crudité qui me plaisait.

De lui, je voyais un cul épais, disgracieux, avec une bite de forte dimension, toute gonflée, qui allait et venait dans la muqueuse que la position de la fille comprimait et faisait saillir en même temps. Elle avait des lèvres gonflées, au dessin délicat, tout déchiqueté. Ce qui m'a émerveillé aussi, mais je ne l'ai aperçu qu'après, quand l'homme a dégagé, c'est son cul haut perché, charnu, au galbe parfait. Le désir s'est mis à couler dans mes veines, quelque chose de chaud et d'acide. Je ne sais pas comment j'ai pu me retenir, tellement j'avais envie de m'approcher, de le pousser, de prendre sa place – et de cracher des torrents de semence dedans !

J'ai attendu qu'ils se soient rajustés pour m'approcher. La fille a pris une serviette de toilette, a essuyé le sperme qui poissait sa peau. Lui s'est rhabillé. J'ai compris, à leur expression, qu'ils savaient que j'étais là depuis un moment. J'ai posé le panier, bredouillé une explication, avant de faire demi-tour.

Les images tournaient dans ma tête alors que je regagnais la ferme. Le désir faisait partie de ma vie, mais il y avait toujours eu consommation immédiate. Là, je savais que c'était impossible, et ça me remplissait de frustration.

J'ai trouvé une compensation en rentrant à la ferme. Lucie arrivait. C'était une des filles de ma classe. Ses parents, qui habitaient plus loin, faisaient du lait d'ânesse. Elle avait des kilos en trop, mais était malgré tout appétissante. Elle se fichait de son surpoids, raison pour laquelle elle n'hésitait pas à s'habiller sexy. Surtout, elle était encore plus gourmande de sexe que de nourriture, ce qui en faisait une agréable compagne. Existait entre elle et moi une complicité qui me faisait la préférer à des filles plus jolies, mais plus prudes.

Elle est descendue de son scooter, a enlevé son casque, s'est approchée de moi. À cette heure-ci, mes parents allaient chercher les bêtes, je prenais peu de risques en me penchant sur elle pour l'embrasser à pleine bouche. Nos langues se sont accrochées, en même temps qu'elle frottait son ventre contre le mien. Je n'avais pas débandé depuis que j'avais quitté le plateau.

— Ben dis donc, tu as une bonne queue… tu pensais que j'allais venir ? a-t-elle demandé.

Plutôt que de mentir, j'ai préféré ne rien dire. De toute façon, elle ne se souciait déjà plus de ma réponse, à genoux devant moi, avec mon sexe dans sa bouche. Elle avait un goût particulier pour les fellations, et grâce à la force de la pratique conjuguée à celle du vice, elle les réussissait très bien. J'ai dû me contrôler pour ne pas jouir sur-le-champ. Elle l'a fait aller et venir dans sa bouche, avant de le sortir, de promener sa langue sur le gland, tout en me fixant dans les yeux. Là, j'ai été incapable de me retenir, et j'ai tout lâché. Le premier jet l'a frappée en travers du visage. Gourmande, elle a fait glisser ma queue dans sa bouche, en la pompant pour se remplir le gosier.

Ce n'est pas pour autant que j'allais débander. Je l'ai attrapée par la main, l'ai entraînée vers la chambre. J'avais encore très envie, elle aussi. Elle a pris ma queue pendant qu'on montait l'escalier. Elle l'a massée pour s'assurer que je ne débandais pas. Je me suis laissé tomber sur le lit. Deux secondes plus tard, elle était à califourchon sur moi, ajustant ma queue entre ses petites lèvres. C'est rentré tout seul. Elle avait roulé sa robe aux hanches, dévoilant son corps trop généreux, mais qui me plaisait comme ça.

Au moment où elle allait jouir, et moi aussi, j'ai senti une présence sur le seuil de la chambre. Lucie, tournée vers moi, au bord de l'orgasme, ne se rendait compte de rien. La jolie brune de tout à l'heure me regardait, amusée mais aussi fascinée. Dans un mouvement de pure provocation, elle a soulevé la robe d'été qu'elle avait mise à la place du short en jean, robe sous laquelle elle portait une culotte rouge en satin, qu'elle a descendue de quelques centimètres. J'ai aperçu d'elle ce que je n'avais pas encore aperçu. C'était une évidence, elle se rasait la chatte, et elle avait des hanches joliment dessinées. J'aimerais penser que ce n'est pas ça qui a déclenché ma jouissance… mais je sais ce qu'il en est.

Lucie a glissé près de moi. Dans un réflexe de pudeur, j'ai ramené le drap sur ma queue. Lucie s'est retournée vers la porte, mais la jolie brune avait déjà disparu, ce dont je lui ai su gré. J'ai dit à Lucie :

— Je reviens !

Je suis descendu en pantalon de pyjama.

— Je peux vous aider ?

Moi, d'habitude si conquérant, je me sentais gauche face à elle, et je me détestais pour ça.

— On aurait besoin de quelques provisions, on n'a pas pris grand-chose avec nous.

J'ai attrapé un panier, l'ai garni de victuailles. Des œufs de la ferme, un saucisson, du pain maison. Je lui ai tendu le tout.

— Je te dois combien ?

J'aurais été bien incapable de fixer une somme, et puis, de toute façon, je voulais que ce soit une offrande à la « déesse ». J'ai eu un geste pour dire qu'on verrait tout ça plus tard. Elle a posé le panier, a passé sa main sous sa robe. Je n'ai rien vu, sinon, quelques instants plus tard, la culotte rouge descendre le long de ses jambes. Elle l'a ramassée, me l'a expédiée.

C'était un beau cadeau. Je suis resté là, le slip écarlate à la main, pendant qu'elle s'éclipsait. Je me suis fait la réflexion qu'on voyait qu'elle était fesses libres sous la robe.

J'ai pris le temps d'examiner la culotte avant de rejoindre Lucie. C'était bien du satin, il y avait un petit nœud à la lisière, qui marquait que c'était bien un sous-vêtement féminin. Il semblait propre, mais en portant mes narines à l'intérieur, un bouquet d'odeurs m'est monté aux narines. Des senteurs mélangées, fortes, d'urine et de sécrétions vaginales. Elle avait dû le porter au moins deux jours d'affilée. Le désir que j'ai ressenti à ce moment a été douloureux. J'ai enfoui le slip dans ma poche, je suis monté rejoindre Lucie. Allongée sur le lit, elle m'attendait en faisant aller et venir quatre doigts dans sa chatte. Je me suis avancé vers elle, et mon sexe a remplacé sa main.

Les jours suivants, j'ai souvent examiné et reniflé la culotte, qui ne me quittait plus. Avec le temps, les odeurs devenaient plus subtiles, mais ne s'effaçaient pas. Je ne risquais, de toute façon, pas d'oublier la belle brune. Elle venait régulièrement à la ferme s'approvisionner, seule ou avec son mec, payant, cette fois, en vraie monnaie. Il y avait toujours quelque chose pour moi : un regard ou un peu plus. À des moments où on se trouvait seuls quelques instants, elle me donnait à voir un bout de sa chair. J'avais bien conscience qu'elle jouait avec moi, mais j'avais du mal à lutter.

Je n'espérais pas grand-chose. Pour moi, elle était inaccessible. Un fantasme, pour ne pas dire un fantôme.

Dans la deuxième semaine, elle est venue, avec Pierre, chercher des provisions. Le garçon discutait avec mes parents. Elle m'a lancé :

— J'aimerais visiter l'étable. C'est possible ? Tu me montres ?

Les deux autres ne nous ont même pas entendus partir. Mon cœur battait très fort dans ma poitrine. Il n'y avait rien de bien original à voir, que des bêtes rangées en ligne mangeant, chiant, pissant. On est entrés dans une zone d'ombre, moi marchant derrière elle. Elle s'est reculée pour coller son dos contre moi. De ses bras dirigés vers l'arrière, elle a attrapé mon cou, et elle s'est frottée. Ma queue, mon ventre, ma poitrine. Une caresse très douce. Elle a tendu la main en arrière, pour prendre ma queue. Elle me l'a sortie du pantalon. Elle m'a branlé très doucement, dans un geste très lent. Bien des filles m'avaient déjà branlé, mais elle, c'était différent. Enjolivement ou réalité, c'était divin. Moi qui me contrôlais toujours, j'ai été incapable de tenir très longtemps. Au troisième va-et-vient, mon sperme a poissé sa main en traînées crémeuses qu'elle a léchées. J'ai eu le réflexe de la saisir par les hanches, puis de soulever sa robe, mais elle s'est dégagée, s'est éloignée…

Je lui en ai voulu.

Sans l'avoir cherché, je lui ai rendu la monnaie de sa pièce quelques jours plus tard. Une copine était passée me voir, Anastasia, petite rousse aussi charnue que Lucie et tout aussi vicieuse. On était dans la grange. La jolie brune est arrivée. Elle a appelé. Mes parents n'étaient pas là. Anastasia me suçait à genoux. Au moment où j'ai senti la présence de la brune, j'étais au bord de la jouissance. J'ai tourné la tête, nous nous sommes regardés. J'ai lu dans son regard de la frustration comme si elle souhaitait être à la place d'Anastasia. Ça m'a surpris : je pensais qu'elle se jouait de moi sans ressentir une quelconque attirance.

Tout s'est fait en même temps. Le sperme a jailli, éclaboussant le visage d'Anastasia, et la brune est repartie. La dernière image a été celle de sa croupe, que le jean rehaussait et cambrait.

Elle n'est pas revenue pendant quelques jours. Je pensais qu'ils étaient repartis. Mais, au détour d'une conversation, mon père a balancé :

— Nos campeurs restent plus longtemps que prévu.

J'ai attendu encore quelques jours, puis j'ai pris le chemin de la colline. Je voulais la revoir, c'était plus fort que moi. Je n'avais même pas de prétexte pour me rendre auprès d'elle. Cette fois, je ne suis pas arrivé par la forêt, mais par la route. La tente, de loin, formait une tache orange au milieu du vert.

Elle étendait des vêtements à sécher sur un fil entre deux arbres. Il y avait une formidable rangée de sous-vêtements féminins, soutiens-gorge et culottes. Elle avait sur elle une nuisette de satin rouge, j'ai compris que le slip qu'elle m'avait donné lui était assorti. Elle s'est retournée quand elle a senti ma présence. On s'est regardés. Elle m'a simplement dit :

— Il n'est pas là pour deux jours. Il est parti à Pau.

Tout ce que je retenais en moi jusqu'à ce moment a cédé. Elle y a d'ailleurs contribué en relevant sa nuisette, dévoilant un ventre nu sur lequel j'ai plongé. Une coulée de sécrétions a jailli de son sexe au moment où je posais ma bouche dessus. Elle m'a rempli la bouche d'une saveur amère.

Je l'ai longuement lapée, de la pointe de la langue, sentant son sexe s'ouvrir, ses chairs se gorger de sang. J'ai fini par la soulever pour l'amener à hauteur de mon visage. Elle a enserré ma tête entre ses cuisses. Ma bouche était pour ainsi dire soudée à son sexe que j'ai fouillé de la langue, m'enfonçant aussi loin que possible, éclaboussé par tout ce qui coulait d'elle. Je n'avais plus l'impression que c'était ma bouche qui envahissait son sexe, mais l'inverse.

J'avais mes mains accrochées à ses fesses. J'ai fini par la lâcher. Elle s'est laissée glisser sur le sol, me prenant par la main pour m'entraîner vers la tente, où elle s'est mise à quatre pattes. Elle m'a jeté un regard qui disait clairement que je pouvais venir sur elle et en elle comme j'en avais rêvé depuis le premier jour. Je me suis approché, mon ventre se collant à ses fesses, et mon sexe impatient se frottant à sa chair. Je l'ai pénétrée avec une absolue facilité – et félicité ! Accroché à ses hanches, je l'ai fouillée longtemps – un temps qui m'a semblé une éternité – jusqu'à ce qu'enfin nous soyons saisis, elle et moi, par les spasmes.

Je garde de ces deux jours un souvenir à la fois précis et flou. Il y avait une date butoir. Elle ne m'avait rien caché : à son retour, ils partiraient. Elle m'attendait, et quand je revenais, elle était à moi. Ce qui s'est passé entre nous a été à la fois très semblable et très différent de ce tout ce que j'avais pu faire avec mes copines. C'était enjolivé par ma perception des choses. Pour moi, elle était la perfection. J'en suis moins sûr aujourd'hui.

Le vendredi matin, quand j'ai regardé vers la colline, la tache orange avait disparu. Je suis souvent revenu sur le tertre déplumé, en pèlerinage, pour penser à elle.

Quand je l'ai recroisée, à Paris, par hasard, je l'ai aussitôt reconnue. Bien sûr, elle avait changé : on avait quinze ans de plus, pourtant nous étions restés les mêmes. Nous nous sommes regardés un moment, puis nous avons détourné le regard. Il valait mieux laisser le passé où il était.

Là-haut, sur la colline.

Sea, sex and moon

Mélanie Muller

Cette année-là fut certainement celle de mes vacances les plus torrides ! Et si la température était sacrément élevée, le soleil n'y était pour rien : en une semaine, je n'ai pas vu une seule fois la lumière du jour !

Tel un vampire, je me suis exhibée sous les spotlights des boîtes ultra-branchées, et j'ai croqué tous les humains que je pouvais. Sauf que je ne me suis pas nourrie de sang frais, mais de vodka glacée et de sperme à gogo… Les plages d'Ibiza, à la nuit tombée, sont des lieux de rencontres. L'île est la capitale mondiale des discothèques et du sexe. Un lupanar géant où tout est permis ! La destination de rêve pour les *workaholics* dans mon genre qui, trop stressées par leur job, n'ont jamais le temps de prendre leur pied. Toutefois, en partant avec ma copine Betti rejoindre la fête, je n'imaginais pas que j'allais tant m'éclater, et quand je dis m'éclater, c'est à tous les sens du terme.

Le premier jour, nous avons déposé nos bagages

à l'hôtel vers dix-sept heures, et après une douche, une séance de maquillage, un apéro bien corsé, nous avons décidé d'explorer les environs. Que de monde ! Que de bruit ! Que d'ivresse ! Betti m'a pris la main :

— Si on se perd, on se retrouve dans la chambre de l'hôtel.

Elle ne pensait pas si bien dire : quelques minutes plus tard, la foule nous avait séparées. Loin de chercher à la retrouver, je me mis à danser comme une furie, aussi bien sur les pistes de danse que debout sur les comptoirs et dans les rues agitées. La musique là-bas n'avait pas de limites, elle résonnait partout, et aucun corps ne restait de marbre. Tout le monde remuait ses fesses et ses hanches sur les rythmes. J'avais le feu aux joues et ma robe trempée de sueur me collait à la peau quand j'arrivai sur la plage éclairée par la lune, mais aussi par les regards brillants de vice de garçons bien gaulés. Ils étaient tous plus attirants les uns que les autres, mais je ne fis pas la difficile : le premier qui m'enlaça pour une *lap dance* fut bien accueilli. Je me collai contre lui avec tout ce que je pouvais, mes bras, mes lèvres, mes seins, mes cuisses, et nous avons dansé soudés comme un couple de danseurs professionnels.

Je ne suis d'ordinaire pas très douée pour la lambada et ses dérivées, mais avec un partenaire expérimenté, c'est un art qui devient accessible à la plus coincée. Et je suis heureusement dotée de souplesse, car il me manipula comme une poupée en chiffon. À un moment, il glissa sans retenue ses mains gourmandes sous ma petite robe fluide d'un bleu électrique. Et là, surprise pour mon fougueux cavalier : je ne mouillais pas ma culotte… je n'en portais pas !

Prête à l'emploi j'étais ! Et impeccablement épilée, le sexe lisse comme celui d'une fillette, car j'avais prévu le coup. Ou plutôt, j'avais prévu de *tirer* un coup ; pas aussi vite, certes, mais pourquoi faire des manières ? J'étais chaste depuis des lustres, autant dire que je n'avais pas le feu qu'aux joues.

Ça lui a plu, cette impudeur, à mon danseur chevronné. Il a de suite mis un doigt dans ma fente offerte, et quand j'ai gémi, il a ri aux éclats.

— T'es une petite pute, et j'adore ça ! a-t-il hurlé dans mon oreille pour que je l'entende bien malgré les *boom ! boom !* terrassants.

Il était brun, pas très grand malheureusement – mais après quelques vodkas, je n'ai plus de critères d'appréciation – et surtout, il avait dans son jean hyper-moulant une queue qui dépassait l'entendement.

Était-ce l'euphorie du moment qui faussait mon jugement ? Il me sembla pourtant que je n'avais jamais rien senti de tel contre mon sexe effervescent, et que même Rocco Siffredi pouvait allait se rhabiller… Quand une queue pareille se frotte à vous aussi impudiquement, et de surcroît bande à déchirer son froc rien que pour votre petit cul palpitant, qu'est-ce qu'on fait ?

On touche, on masse, on ouvre la braguette qui comprime la belle bête. Et voilà que la bite monumentale de mon partenaire s'est érigée dans mes doigts impatients, là, au milieu d'une foule chahutée bien trop excitée pour remarquer mon manège.

— Wouah ! j'ai dit, et le type accroché à cette queue d'exception a gueulé encore une fois dans ma nuque :

— J'ai envie de te la fourrer tout de suite dans la chatte, tu me rends dingue !

Dingue, je l'étais aussi, je me suis pendue à ses épaules pour qu'il me porte. Et je me suis empalée sans pudeur sur le merveilleux gode vivant qui m'a fait jouir presque instantanément ! Et réciproquement ! Vite fait, bien fait – précoces mais efficaces !

Qu'est-ce que c'est bon, qu'est-ce que c'est délicieux, un bon braquemart bien bandé qui vous transperce et vous remplit le con ! Peu importe l'endroit et les circonstances ! Ah ! J'ai vu plus d'étoiles qu'il y en avait dans le ciel ! Une femme est vraiment femme quand elle se fait baiser, et qu'un filet de liqueur mâle coule le long de ses cuisses… J'ai rabaissé ma robe, et puisque ma petite affaire était déjà terminée, j'ai remercié Rocco d'un sourire charmant. Je l'ai repoussé, pour ne pas dire congédié. Autour de nous, les gens s'étaient écartés, et quand j'ai tourné les talons pour laisser en plan mon bel étalon, ils ont applaudi. On avait fait le spectacle sans nous en apercevoir. Je me suis sentie scandaleuse, mais me suis vite ravisée : j'étais venue sur l'île incognito, et le type ne connaissait même pas mon prénom. J'étais une baiseuse anonyme.

« Beau travail, me suis-je dit en rentrant à l'hôtel, beau travail. » Oui, je suis une garce, mais aussi une bosseuse dans l'âme, c'est incurable. Je me suis couchée à sept heures du matin, Betti était déjà dans les bras de Morphée. Je lui ai fait un bisou sur les cheveux et je me suis écroulée.

À mon réveil le lendemain soir, ma copine de virée était déjà partie en chasse, non sans me laisser un mot sur l'oreiller : *« Amuse-toi bien, ma belle. Moi, j'ai des rencards, et tu dors comme un loir. »*

« Elle est gonflée », ai-je pensé, mais je ne pouvais pas lui en vouloir. Tout comme moi, Betti avait pris des vacances pour se refaire une santé, et les hommes, dans ce cas-là, sont les meilleurs thérapeutes qui soient. Mon amitié ne faisait pas le poids face à une partie de jambes en l'air. J'ai pris une douche, me suis maquillée, puis je suis allée rejoindre les noctambules déchaînés pour avoir ma pitance, moi aussi. Après plusieurs mois de diète, j'avais besoin de me remplumer le sexe !

Le rythme de la techno a résonné d'emblée dans tout mon corps, particulièrement entre mes cuisses surchauffées. Je suis allée m'asseoir sur la plage pour calmer ces battements intempestifs. Un sexe d'homme bande, celui de la femme tambourine. Tous et toutes, nous avons ce sang qui afflue dans les parties intimes comme un flux énervé. Et énervée, je l'étais : bouillonnante d'envies en tout genre. Je ne voulais pas rester seule trop longtemps : je priais pour qu'on me remarque, avec ma robe à paillettes et ma bouche rouge sang. J'étais installée au même endroit que la veille, et peut-être que Rocco allait revenir ?

C'est alors que deux gars se pointent et me demandent, la bouche en cœur :

— Vous êtes seule, mademoiselle ? On peut vous tenir compagnie ?

— Oh que oui ! ai-je répondu comme si je les attendais depuis des heures, et bien contente de mon effet.

Ceux-là n'étaient pas des spécialistes de la danse, je l'ai vite compris, mais question corps à corps, ils n'étaient pas en reste ! Assez vite (sur l'île du stupre, le temps file à une allure surnaturelle), je me suis retrouvée à sucer le premier derrière un palmier, tandis que son copain me tripotait le cul avec empressement. À genoux d'abord, je ne tardai pas à plonger mon visage dans le sable pour me faire prendre en levrette par les deux machos. Ils me baisèrent à tour de rôle. J'entendais le bruit des capotes qu'on déballe, qu'on ajuste, qu'on remplit, qu'on retire… Les deux copains étaient manifestement aussi affamés que moi, j'ai joui à profusion sur les capotes colorées qu'on me fourrait aussi bien dans la chatte que dans le cul. À l'aube, exténuée, je suis rentrée à l'hôtel en marchant avec difficulté…

Betti dormait déjà, on ne se verrait sûrement pas beaucoup de la semaine, mais on aurait pas mal de choses à se raconter dans l'avion qui nous ramènerait à Paris… Mais nous n'y étions pas encore, et pour ma troisième soirée, je portais une robe rouge, courte et ultra-moulante, coiffure sauvage, maquillage agressif. Rien d'autre. Pieds et cul nus sur le sable, à l'affût.

J'attendais mon heure, les deux zozos de la veille, ou de nouveaux héros (qui sait ?) au point de rencontre habituel. Déjà deux fois que je me faisais prendre sur cette plage, et comme on dit, jamais deux sans trois. En attendant que le ciel m'apporte l'objet de mon désir, je me suis dit que mes zones érogènes étaient confortablement posées sur une zone énergétique, et que ça tombait bien : tous mes chakras étaient ouverts, à l'instar de mon con et de mon cul !

Et là, bingo ! Le vent du sud vient me réchauffer en m'apportant sur un plateau deux beaux hidalgos qui m'abordent de cette façon :

— Vous êtes seule, mademoiselle ? On peut vous tenir compagnie ?

Je me suis esclaffée. « C'est un mot de passe ou quoi ? ai-je pensé, en tout cas, si c'est la phrase clef pour me dérouiller, je prends ! Mais ne prenez pas de gants, mes beaux joujoux, faites sauter le verrou ! Je veux me faire défoncer jusqu'à avoir mal. Je veux marcher comme si j'avais fait du cheval, oublier Paris, sa grisaille, le vide intersidéral de ma vie sentimentale ! Allez-y, faites-moi crier ! »

Et c'est ainsi que je passai mes vacances, dans la débauche la plus totale, me nourrissant exclusivement de cocktails et de foutre, ce qui, ma foi, suffisait à me tenir éveillée et en forme toutes les nuits de ma semaine de folie. Je fis une orgie de mâles, un circuit touristique de toutes les queues d'Ibiza, du moins un maximum. Et on m'éclaboussa de jus français, allemand, anglais, espagnol, comme on m'aurait aspergée de champagne.

J'étais une vraie starlette. Incandescente, brûlante, indécente.

Jusqu'au dernier soir, où subitement, l'île se vida de ses vacanciers comme par magie noire.

Seule sur mon petit bout de plage désert, j'observai avec amertume les cadavres d'une semaine bien remplie et bien arrosée pour tout le monde : bouteilles vides, culottes vides, capotes vides… alors comme ça, il y a aussi des dimanches soir, sur l'île du diable ?

Je ruminais à propos de ce séjour passé trop vite lorsque je vis au loin une silhouette familière : Betti ! Ma copine ! Je me précipitai pour lui sauter au cou, la serrer fort contre moi. Elle aussi était contente de me voir. Une semaine qu'on n'avait pas échangé un mot ! Et du coup, c'est un baiser qu'on a échangé. Comme ça, instinctivement, on s'est pelotées comme si c'était la façon la plus normale de se dire bonjour.

— T'as vu ça ? On dirait que tout le monde est parti aujourd'hui, m'a-t-elle dit tristement.

Qu'elle était jolie, sexy, attirante, avec sa voix

de gamine réprimandée ! J'ai eu envie de la consoler…

— Viens là, toi… on ne s'est pas beaucoup vues, toutes les deux, ces derniers jours, rattrapons le temps perdu, tu veux ?

Elle a acquiescé, nos seins se sont collés comme pour enclencher les retrouvailles. Ça m'a fait une décharge électrique dans le bas-ventre. Je l'ai embrassée dans la nuque, elle sentait le désir et le sexe. Et puis j'ai baisé sa bouche, ses grosses lèvres juteuses qui avaient dû flirter avec beaucoup de monde.

Elle s'est laissé faire, même quand j'ai glissé ma main sur sa petite chatte dodue. Elle avait un clitoris charnu, que j'ai roulé entre mes doigts, avant de m'agenouiller devant elle pour glisser ma tête sous sa robe. Je ne sais pas si quelqu'un nous a vues, mais si c'est le cas, le spectacle devait être des plus affriolants. Elle a écarté ses jambes, je l'ai léchée goulûment, comme j'aurais tété le sucre sur un papier de caramel fondant. Quoi ? Il n'y avait plus d'hommes sur l'île ? Qu'à cela ne tienne, on se débrouillerait toutes seules ! Et bien que novices toutes deux en matière de saphisme, nous avons fini la semaine en apothéose, car qui mieux qu'une femme sait faire un divin cunnilingus ?

Je l'ai fait gémir, elle m'a fait perdre la boule, quand sa petite langue pointue est venue s'enfoncer tel un dard dans ma vulve trempée…

Un vrai feu d'artifice !

De retour à l'hôtel en se tenant par la main, on s'est dit que ces vacances étaient passées trop vite.

— T'as vu la lumière du jour, toi ? ai-je demandé à ma complice.

— Jamais !

— T'as vu le loup ?

— Sans arrêt !

Betti s'était fait baiser comme une garce elle aussi, et elle avait adoré ça. On est rentrées à Paris épuisées, comblées et tout. Le sexe, c'est mieux qu'une thalasso : ça vous fait un corps neuf ! Certes, nous n'avions pas fait le plein de vitamine D, mais on avait fait le plein de sperme. Et pour la peau, c'est conseillé ! Des vacances de rêve…

Les dieux de l'Olympe

Albane Formello

Satanée croisière !

Si Claire avait pu deviner la tournure que prendrait leur escapade en amoureux, elle n'aurait pas autant insisté pour entraîner Gregory sur ce bateau. Certes, il n'y avait pas que des inconvénients à être enfermés sur le gigantesque hôtel flottant. Les activités étaient nombreuses, la cabine confortable, la vue du balcon idyllique, les couchers de soleil sur le pont à couper le souffle. Mais les dîners en compagnie de leurs voisins de table exaspérants ! Dès le premier soir, Claire avait vu rouge.

À l'heure du repas, Greg et elle s'étaient perdus. Après une course interminable dans un labyrinthe de couloirs, ils étaient finalement arrivés en retard au restaurant. Pris en charge par le maître d'hôtel, ils pensaient que leur calvaire touchait à sa fin. Cependant, au lieu de les orienter vers un coin intime, le serveur les conduisit à une table déjà encombrée de six personnes.

« Sit down », lâcha l'Indonésien d'un ton autoritaire, en désignant deux places sur une banquette. Il leur fallut se glisser entre deux couples déjà bien installés. Le premier soir, la communication se borna à l'échange de regards embarrassés. Mais le lendemain, les langues s'étant déliées, Claire réalisa combien les soirées allaient être éprouvantes. Elle ne savait lequel des trois couples l'énervait le plus : la femme enceinte qui affichait un air dégoûté devant tous les plats et son alcoolique de mari, le scientifique et sa compagne qui ne se fendaient jamais d'un sourire, ou le caricatural couple d'homos. En fait si, ces derniers étaient sans aucun doute les plus agaçants. Au départ, elle les avait trouvés sympathiques. Le plus vieux, Charles, était un grand type barbu qui devait avoir deux fois l'âge de Tom, son partenaire, un petit minet nerveux aux jolis yeux tendres. À eux deux, ils mettaient beaucoup d'animation, y allant de leurs anecdotes et allusions graveleuses. Mais quand Claire avait compris que leurs simagrées n'étaient destinées qu'à faire du gringue à Greg, ils avaient baissé dans son estime. Les deux zigotos avaient une manière de le regarder, de boire ses paroles, de le toucher à la moindre occasion, qui frôlait l'incorrection.

Claire ne pouvait pas leur en vouloir de trouver Greg à leur goût, car c'était un mec au sex-appeal irrésistible. Même aujourd'hui, alors qu'elle le connaissait depuis longtemps, elle s'étonnait encore du pouvoir de sa beauté sur elle. Ce genre de prise de conscience lui tombait dessus sans prévenir – par exemple, quand il la prenait en levrette sur le lit king size de la cabine.

Claire, à quatre pattes sur le matelas, le menton posé sur l'oreiller, se laissait ballotter par les coups de reins vigoureux. La croupe tendue, le sexe ouvert, martelée par le pénis survolté, elle prenait son pied, en perdant son regard, tantôt vers l'océan dont le soleil embrasait la surface agitée, tantôt vers le reflet de Greg dans le miroir. Il se tenait à genoux derrière elle, ses flancs lisses plaqués à ses fesses, son torse musclé balançant d'avant en arrière, ses fesses arrondies par l'effort, ses mains fermes agrippées à ses hanches. De profil surtout, son visage touchait à la perfection. Les yeux clos, les lèvres pincées, les narines vibrantes, il affichait une expression concentrée qui sublimait l'harmonie de ses traits, dont l'élégance rappelait ceux de Paul Newman.

Quand elle le voyait ainsi : nu, dans la splendeur de ses trente ans, occupé à la faire jouir, Claire s'emballait. Éblouie par la fusion des corps, elle se cambrait davantage, ouvrait grand les cuisses, s'offrait tout entière dans l'attente de la jouissance libératrice. L'orgasme les emportait tous deux en même temps. Les secousses les retournaient, les plaquaient sur le lit. Ils finissaient épaule contre épaule, main dans la main, le sexe battant, la poitrine soulevée de halètements, au bord de l'évanouissement.

Claire ne s'attendait pas à être la seule à avoir

remarqué l'exceptionnelle plastique de son copain. À l'occasion, elle savait même se faire partageuse : les tourtereaux avaient tout récemment fait une expérience échangiste avec un couple d'inconnus rencontré via internet.

La jeune femme avait donc l'habitude de voir des yeux avides s'arrêter sur Greg. Mais Charles et Tom se surpassaient en la matière. Il lui semblait que les deux homos les suivaient partout. Greg et elle ne pouvaient pas se promener sur le pont en amoureux, se prélasser dans les jacuzzis, prendre un verre au bar sans les voir apparaître. Ce n'était pas tant l'insistance des deux sbires qui exaspérait Claire que l'indolence avec laquelle Greg les laissait faire. Elle en était même venue à demander à son ami si ça ne le faisait pas fantasmer d'être dragué par deux mecs :

— Pourquoi veux-tu que ça m'excite ? avait-il répondu.

— Tu n'as jamais eu d'expérience homo ?

— Une fois, j'ai pris un bain avec un mec, on s'est caressés et sucés, mais ce n'est pas allé plus loin. Moi, ce qui me motive, c'est ta petite chatte humide, ton cul, tes nichons : le reste est accessoire.

Pour le coup, la nouvelle l'avait laissée songeuse.

Exception faite des instants de bonheur vécus dans l'intimité de leur cabine, les seuls moments où Claire ne regrettait pas son voyage étaient ceux qu'elle passait en escale. L'itinéraire de la croisière avait de quoi faire rêver : les îles grecques, l'Italie. Après Marseille, puis Gênes, c'était le Péloponnèse et ses trésors qui s'offraient à eux. Claire apercevait déjà les côtes escarpées du balcon de la cabine. En dépit de l'heure matinale, il faisait déjà chaud. Une torride journée s'annonçait, ce qui ne présageait rien de bon pour l'excursion à Olympie.

Le car qui les conduisait jusqu'au sanctuaire était climatisé, si bien que Claire et Greg profitèrent du paysage sans soupçonner le calvaire qui les attendait à la sortie. Les terres fertiles du Péloponnèse, étonnamment vertes, étaient hérissées de pins, de cyprès, d'oliviers, qui donnaient une fausse impression de fraîcheur. Toutefois, dès que les amoureux posèrent le pied sur le parking du site Olympique, ils comprirent que la visite allait être éprouvante. Aucun souffle de vent n'atténuait la chaleur étouffante qui régnait dans la vallée plombée. Un concert de cigales tonitruant envahissait l'espace. Jamais Claire n'avait entendu des insectes faire un tel tintamarre, ce qui ajoutait encore à l'impression de descente aux enfers.

À chaque halte, le guide, pour préserver les visiteurs de la canicule, les invitait à se rafraîchir à l'ombre des arbres. Aux prises avec l'atmosphère suffocante, chacun écoutait ses commentaires d'une oreille distraite. Même à l'abri des oliviers, l'air était irrespirable. Sous la brûlure implacable, les déambulations d'édifice en édifice s'apparentaient à un chemin de croix. En Bretonne habituée aux embruns revigorants, Claire souffrait particulièrement. Le moindre déplacement la liquéfiait. Greg observait son visage rouge avec une pitié émue. Du temple de Zeus à la palestre, dont il ne restait que des moignons de colonnes, c'est le stade olympique qui réservait la plus belle surprise. Le rectangle de terre inondé de soleil offrait aux visiteurs les plus courageux la possibilité de refaire la course des athlètes antiques. Quelques fous se lancèrent dans un marathon sous les 50° qu'affichait le thermomètre. À l'abri de la voûte d'entrée, Claire les regardait en imaginant les corps musclés, luisants de sueur, des champions grecs qui, à l'époque, couraient dans le plus simple appareil.

L'excursion s'achevait par la visite du musée archéologique. Claire découvrit avec stupeur que le bâtiment n'était pas climatisé. Le groupe s'aventura tout de même dans le dédale de pièces, où pas un courant d'air ne circulait. Dès l'entrée, une reproduction de la statue de Zeus Chryséléphantine, autrefois l'une des Sept Merveilles du monde, imposait sa majesté. Le dieu barbu, qui jadis atteignait douze mètres de haut, tournait vers la populace un regard autoritaire. De pièce en pièce se succédaient des vitrines de casques et des vases, que Claire, accablée de chaleur, considérait d'un œil distrait. Le fronton du temple de Zeus attira davantage son attention. Un fouillis invraisemblable de membres amputés s'assemblait en corps virils, aux pectoraux saillants, qui s'enlaçaient et s'ébattaient en tous sens. La légende indiquait qu'il s'agissait des préparatifs d'une course de chars. Mais l'absence de bon nombre de morceaux donnait au tableau une allure obscène.

Le clou du spectacle attendait Claire dans une pièce annexe, où l'air surchauffé par l'affluence de visiteurs était irrespirable. Sur un socle s'élevait la statue d'Hermès portant Dionysos. Ce n'étaient ni ses dimensions impressionnantes, ni la qualité d'exécution, ou la perfection des détails qui frappaient l'œil en premier lieu. Non, ce qui coupait le souffle, c'était la grâce du corps aux muscles discrets, la beauté du visage aux traits fins, la douce expression du regard. Le talent de l'artiste était tel que le visiteur ne voyait plus une statue vieille de 2 500 ans, mais un être de chair et de sang. Pour ne rien gâcher, il s'agissait d'un beau garçon.

Subjuguée par la virilité tranquille d'Hermès, Claire fit le tour du jeune homme de marbre, fixant les cuisses élégantes, le torse au relief délicat, pour finir par s'arrêter, bouche bée, devant les fesses au galbe arrogant. Hypnotisée par la sensualité de sa chute de reins, elle le regarda longtemps sans parvenir à s'en détacher. Si longtemps que bientôt, des points noirs envahirent son champ de vision. Claire avait les yeux ouverts, mais elle ne voyait plus qu'un voile opaque. Elle sentit une onde glaciale la traverser, des frissons parcourir ses membres, des sueurs froides inonder sa nuque. Le sol se dérobait sous ses pieds. Ses jambes ne la soutenaient plus : elle perdait connaissance dans une clameur généralisée.

Soudain, le calme revient. Il fait noir. Mais ses yeux s'habituent à l'obscurité. Claire peut distinguer le relief du paysage alentour. Elle se trouve dans un grand jardin planté de pins et d'oliviers. En fait, elle est toujours à Olympie, parmi les ruines du sanctuaire. Les cigales ont cessé leur concert infernal. La nuit est adoucie par le souffle d'une brise qui agite les branchages. Claire se promène main dans la main avec Greg. En passant près d'un bosquet d'arbres touffus, ils perçoivent une rumeur indistincte. Les bruits : des soupirs et des halètements d'origine humaine s'échappent du feuillage. Intrigué, Greg s'avance. Il écarte les ramures d'un pin, s'arrête net.

Un barbu gigantesque, au torse athlétique, et un éphèbe à silhouette sculpturale s'adonnent à des plaisirs sans équivoque. Leurs deux corps nus sont si lisses et si blancs qu'on croirait voir des statues antiques revenues à la vie. Ce pourrait être des visiteurs égarés, tout comme Zeus et Hermès ressuscités. Le contraste avec l'obscénité de leurs occupations n'est que plus troublant. À genoux, le plus jeune pompe goulûment le sexe du Zeus impassible, dont la respiration rappelle celle du taureau. Les doigts agrippés aux boucles brunes du garçon, le colosse guide d'une poigne de fer l'étau autour de sa verge. Le plaisir du plus jeune est évident : non content d'offrir sa gorge à l'invasion du manche qu'on devine énorme, il se cambre à l'excès en arborant une érection provocante.

En retrait, Greg et Claire contemplent la scène avec un mélange de fascination et de consternation. Ils sont si médusés par la grossièreté des images, si émoustillés aussi, qu'ils ne remarquent pas le regard noir du barbu lorsque celui-ci les aperçoit. Pourtant, il les fixe d'un œil menaçant. Fou de rage, il tire les cheveux du suceur en arrière, lui assène une gifle retentissante pour s'en débarrasser.

Défiguré par la colère, voilà qu'il se précipite vers les amoureux, qui n'ont pas le temps de tourner les talons. Déjà, il les saisit par le bras, les contraint à le suivre. Claire est jetée sur le sol. Mise à l'écart, elle assiste, impuissante, au sort de son amant. Dès qu'il voit son maître s'approcher, l'Hermès reprend sa position, prêt à le recevoir à nouveau. Mais, d'un claquement de doigts impérieux, le géant exige aussi la gorge de Greg, qui le fixe sans piper mot. Déjà, sous l'emprise de l'œil pervers du Zeus, le jeune homme, à l'instar de l'éphèbe, se déshabille, puis vient se poster à ses pieds.

Claire, qui ne perd pas une miette du spectacle, ne pense guère à défendre son compagnon. Au contraire, elle savoure sans scrupule l'humiliation des deux jeunes hommes. L'image de leurs corps virils, rassemblés autour du sexe éléphantesque du monstre de pierre, l'excite énormément.

Soumis, attentifs au moindre désir du géant, les garçons lèchent d'abord la verge titanesque à deux langues, tout en caressant les couilles à quatre mains. Leurs efforts ravivent le pénis qui se dresse, droit comme un phare. Les deux hommes, conquis par son apparence replète, happent le gland, chacun leur tour. Soucieux de s'attirer les faveurs du maître, ils l'aspirent au tréfonds de leur gorge, pour quelques secondes d'apnée pendant lesquelles la verge démesurée les étouffe à faire monter des larmes. Pourtant, rien ne semble pouvoir calmer leur ardeur à pomper, encore et encore, l'objet de leur dévotion. Friand de leur belle jeunesse, le géant les manipule comme des jouets. Il encourage leur rapprochement, les exhorte, entre deux embardées, à s'embrasser à pleine bouche. Les hommes mêlent leurs salives sous l'œil médusé de Claire. Au paroxysme de la débauche, leurs corps musclés, tendus par l'excitation, s'étreignent. Ils se branlent mutuellement, se caressent, se pétrissent les fesses sans réserve.

Si le spectacle l'émoustille, Claire n'en est pas moins frustrée. Elle tente d'apaiser le feu qui brûle entre ses jambes par des frictions. Dès qu'elle commence à s'exciter, ce ne sont plus ses doigts qui s'agitent sur son clitoris, mais les langues des garçons qu'elle imagine occupées à lui laper le sexe. Au comble de l'excitation, elle se figure des combinaisons plus obscènes encore : des pénétrations multiples, violentes, qui arrachent des cris et des larmes. Elle voudrait voir tous ces corps virils imbriqués les uns dans les autres, suant, haletant, grimaçant d'être déchirés. L'autorité du Zeus a quelque chose d'irrévocable : il émane de ses ordres une force terrible.

Sa nouvelle initiative vient à point nommé. D'un geste dominateur, le géant prend les deux hommes par la nuque, les conduit vers la jeune femme assise sur le sol, jupe relevée, jambes écartées, sexe béant. L'éphèbe se voit intimer l'ordre de caresser les seins de Claire devant son compagnon. Puis c'est une langue hésitante qu'il glisse entre les lèvres de la jeune alanguie. Séduite par la sensualité de son partenaire, la belle s'abandonne avec complaisance. Greg assiste à leur étreinte sans broncher, bientôt rattrapé par Zeus qui le force à plaquer son visage sur le sexe échauffé de Claire. Immédiatement, sa langue experte vient au secours de sa compagne : elle geint en se tordant d'excitation.

Occupé à prodiguer des léchouilles appuyées, Greg ne voit pas le dieu se poster derrière ses reins. Pourtant, le monstre, sitôt en position, attrape le jeune homme par les hanches, viole son anus d'un coup. La pénétration est brutale. Greg est empalé sur le pieu. Il tressaille comme un insecte percé d'une épingle. Le dard fouille son ventre avec insistance. Toute la longueur de la verge doit disparaître dans son orifice récalcitrant. Le nez enfoui dans les muqueuses humides de sa femme, Greg laisse échapper des cris. Secoué par les va-et-vient, il hurle sa surprise autant que sa douleur. Son désarroi est touchant : pour l'avoir copieusement sucé tout à l'heure, Greg connaît le calibre inhumain de l'engin. Il ne peut croire qu'une telle initiative soit possible. C'est plus qu'un viol, c'est une entreprise de destruction !

Cramponné aux cuisses de sa compagne, il proteste, se cabre, incapable de supporter la surdose de sensations. Pourtant, petit à petit, le cul s'habitue à l'envahisseur. Et, pour sa plus grande honte, il commence à goûter aux plaisirs sodomites sous le regard émoustillé de sa compagne. Claire, aux anges, savoure la scène dans les bras du bel Hermès. Le zèle que Greg met alors à lui transmettre, par des coups de langue frénétiques, la jouissance qu'il ressent est si grand que Claire ne résiste pas longtemps. Excitée par la décadence du spectacle, stimulée par les bouches viriles qui la dévorent, elle part, frappée d'extase…

Les visages qui l'entouraient quand elle rouvrit les yeux exprimaient l'anxiété. Claire était allongée sur la banquette arrière du car. Il y avait Greg, le guide, mais aussi Charles et Tom, penchés au-dessus d'elle, occupés à l'éventer. Elle leur sourit, autant pour les rassurer que parce qu'elle se remémorait les passages les plus sulfureux de son délire.

— Les garçons, vous êtes là ? s'exclama-t-elle en leur serrant les mains.

— Tu nous as fait peur ! fit Charles.

Elle adressa un sourire radieux à sa petite cour.

— On va s'éclater, tout à l'heure, à la soirée grecque !

Elle ruminait déjà son plan cul.

Les palmiers de Charleville

Adrien Carel

Laurine s'étire voluptueusement, enfouit ses joues dans la fraîcheur des draps, ouvre un œil. Malgré l'heure matinale, le soleil déjà chaud s'infiltre par l'entrebâillement des rideaux décorés de motifs mauresques. Des zébrures de poussière dorée éclaboussent la chambre. Seuls quelques bruits furtifs troublent le silence de l'hôtel.

Elle se lève, passe un déshabillé, fait coulisser la baie vitrée qui donne sur le balcon. La lumière crue l'oblige à plisser les yeux. À ses pieds, sinuant entre des palmiers et les parasols immaculés de la terrasse, la piscine vert émeraude rivalise avec le bleu profond de la Méditerranée qui moutonne dans le lointain. Le parfum du jasmin lui monte à la tête.

La veille encore, elle se trouvait à Charleville dans les brumes frisquettes d'un début de printemps ardennais. Et maintenant, la limpidité du ciel marocain l'éblouit. Un soupir de bien-être gonfle sa poitrine. Deux longues semaines de farniente s'ouvrent devant elle. Deux semaines impatiemment attendues. Ses premiers congés depuis une éternité.

— Vous avez raison de vous lever tôt, il faut profiter des vacances !

Sur le balcon qui jouxte le sien, un brun aux cheveux bouclés coupés court, visage avenant et physique avantageux, contemple la plage déserte en la guettant mine de rien. Son maillot de bain jaune canari met son bronzage en valeur.

— C'est la première fois que vous venez à Saïdia ?

Elle acquiesce en silence, peu soucieuse d'expliquer qu'il s'agit de son premier séjour à l'étranger, et qu'elle a économisé mois après mois pour pouvoir se l'offrir.

— Vous verrez, vous ne serez pas déçue…

En provenance de la chambre, une voix féminine questionne ironiquement :

— Renaud ? Tu parles tout seul, maintenant ?

Une blonde potelée, vêtue d'une nuisette ultramini, les cheveux en bataille, les traits chiffonnés de sommeil, s'encadre dans l'ouverture de la baie.

— Oh ! Pardon…

Rajustant négligemment sa nuisette qui a tendance à voleter au gré de la brise, elle constate avec un demi-sourire et une moue indulgente :

— Mon mari a le chic pour faire la connaissance de filles superbes !

Une heure plus tard, tous les trois ont délaissé le balcon pour s'installer dans la chambre de Renaud et Stéphanie. Ils se sont découvert des connaissances communes. Enfin, plus exactement, de vagues connaissances de connaissances, mais ça a suffi à les rapprocher. Les deux femmes, à demi étendues sur le lit, écoutent parler leur compagnon. C'est un bavard. Quand il risque une plaisanterie un peu leste, elles se lancent des coups d'œil amusés.

Laurine ne se pose pas de questions. Ses nouveaux amis sont cools, leur bonne humeur communicative. Elle se sent bien avec eux. La grisaille de Charleville-Mézières se situe à des années-lumière de la chambre inondée de soleil. Petit à petit, les regards qu'elle échange avec la blonde se font complices. Presque intimes.

Aussi, quand Stéphanie lui caresse son bras nu, le regard qu'elle lui adresse ne montre aucun étonnement. À vrai dire, elle s'y attendait. Elle n'est pas à proprement parler lesbienne, mais les jeux amoureux avec une fille ne l'effarouchent pas. La main remonte sur son épaule, effleure son cou. Un ongle suit la courbe de ses lèvres. Griffure légère.

— Tu veux bien ?

D'un battement de paupières, elle acquiesce.

Les doigts agiles se faufilent entre les pans de son déshabillé, glissent sous les globes arrondis de sa poitrine. Les aréoles rose pâle et les pointes érigées s'épanouissent en pleine lumière. Laurine jette un coup d'œil à Renaud. Impassible, il contemple la scène en silence. Une onde de chaleur envahit Laurine. Elle respire profondément.

D'une pression sur la courbe du sein, Stéphanie la ramène à leur couple. Sa bouche lui frôle les lèvres. Un baiser léger qui feint d'hésiter, mais sait ce qu'il faut faire. La langue pénètre entre ses dents, cherche la sienne, la provoque, se retire brusquement, revient bien vite pour s'enfoncer dans le gosier. La salive, qui coule dans sa gorge, a un goût de thé à la menthe sucré.

Un pinçon sur ses tétons lui tire un frisson. Elle tressaille de la tête aux pieds. Son corps s'amollit, devient pesant, ses jambes s'entrouvrent. La ceinture de son déshabillé se dénoue. Étourdie par le baiser, elle ne prend pas conscience que ce sont d'autres mains, celles de l'homme, qui s'emparent de ses genoux, qui les écartent. Mais d'instinct, ses reins se cambrent.

La bouche de Renaud s'écrase au cœur de son sexe. Les lèvres l'aspirent goulûment. Toute sa vulve happée d'un seul coup, doucement mâchonnée. Elle se cabre en grognant, le ventre traversé d'un spasme. Ses doigts se crispent dans les cheveux bouclés. De l'autre main, elle tente maladroitement d'éloigner le visage de la blonde, mais Stéphanie n'en a cure : elle accentue encore leur baiser.

Les lèvres masculines relâchent leur étreinte, mais le délicieux frétillement de la langue sur son bouton se poursuit. Des décharges électriques transpercent ses nerfs à vif. Elle geint. Son cul bondit avec la force d'un ressort. Deux fois, trois fois. Un grand vide creuse sa poitrine, annonciateur de l'orgasme.

À cet instant, la porte s'ouvre.

Pris de court, ils n'ont pas le temps de dissimuler leur activité à la femme de chambre, qui se fige derrière son chariot, les yeux élargis de stupeur. Tous quatre demeurent interdits, tels des mannequins de cire. Puis Stéphanie éclate de rire.

— Entre, Djamila. Pas la peine d'en faire profiter tout le monde…

Le rire a désamorcé la tension. Pendant que Laurine tente tant bien que mal de cacher sa nudité, Renaud se met debout en essuyant sa bouche du dos de la main. L'érection tend le maillot de bain jaune canari. On distingue une tache d'humidité sur le tissu, au niveau de la ceinture. La jeune Marocaine se glisse dans la pièce.

— Excusez-moi, je ne savais pas… prononce-t-elle d'une voix menue tout en s'affairant avec son chariot.

La blonde hausse les épaules.

— Tu en as vu d'autres…

Sans répondre, Djamila dispose le petit déjeuner sur la table basse avec des gestes heurtés. Son regard évitant soigneusement celui des trois autres, Laurine a tout loisir de la détailler. Sa lourde chevelure d'un noir d'encre et la peau cuivrée de son visage aux traits arrondis l'attirent. L'uniforme de soubrette qui l'habille, pourtant mal taillé, ne parvient pas à gommer les courbes plantureuses de ses hanches et de sa poitrine.

Renaud s'approche d'elle.

— Tu es fâchée ?

Se retournant d'un bloc, elle plante ses yeux dans les siens.

— Pourquoi je serais fâchée ? Parce que vous vous amusez avec votre amie ? Il n'y a pas de raison…

La main de l'homme s'empare d'un sein, le soupèse. Elle se dégage, le menton agressivement relevé. Il la saisit à la nuque, la plaque contre lui, colle sa bouche à la sienne. La fille résiste mollement avant de capituler, de se presser contre le corps masculin. Stéphanie adresse un clin d'œil à Laurine, lui ôte son déshabillé, avant de se mettre nue à son tour.

D'une poussée, Renaud bascule Djamila sur le lit. La soubrette proteste qu'elle n'a pas le temps, qu'elle doit continuer à faire son service, mais la blonde étouffe ses protestations d'un baiser, tout en entreprenant de la dénuder. D'abord réticente, la Marocaine ne tarde pas à soulever ses fesses pour permettre à sa culotte blanche de descendre le long de ses cuisses. Elle s'en débarrasse d'un battement de pieds. Un rire la prend.

— Vous êtes des cochons…

Toute sa chair tremble… une chair dorée, abondante, ferme… Les pointes de ses seins, d'un brun sombre tirant sur le mauve, ressemblent à des petits doigts pointés vers le ciel. Sous son ventre bombé, troué d'un nombril aussi large qu'une cocarde, son pubis épilé s'entrouvre en un long sillon bordé de bourrelets dodus. Une forte odeur épicée s'en dégage.

Mais ce qui retient surtout l'attention, c'est la taille de son clitoris. On dirait une limace rouge vif coincée entre les épaisses babines violacées, et qui cherche à s'échapper. L'intérêt de Laurine pour les dimensions inhabituelles de l'appendice n'échappe pas à Stéphanie, qui lui chuchote à l'oreille :

— Suce-lui le bouton, elle adore ça !

*

* *

Une sensation d'humidité poisseuse entre ses cuisses tire Laurine du sommeil. Elle grogne et, avant même d'ouvrir les yeux, prend conscience qu'il s'agissait d'un rêve. Un rêve… seulement un rêve… le voyage au Maroc, l'hôtel à Saïdia, les voisins séduisants, la femme de chambre complaisante !

Le jour sale des Ardennes filtre par les interstices des volets. Autour d'elle, l'agitation familière du bâtiment B de la cité des Tilleuls à Charleville-Mézières reprend ses droits. Dans la minuscule kitchenette de son studio, en attendant que chauffe l'eau pour le café, elle observe l'avenue Roger-Salengro.

Sa cité : un alignement de cubes posés au petit bonheur la chance au milieu de nulle part, à la périphérie de l'agglomération. Les sacs plastique et les papiers abandonnés qui filent au ras du bitume sous les bourrasques de vent. Des voitures qui démarrent. Un petit groupe de travailleurs matinaux réunis à l'arrêt du bus.

Il est vrai que ce matin, le travail, ça ne la concerne pas. Depuis la veille, elle est en vacances. Une semaine de congé, à laquelle s'ajoutent des RTT que le chef du personnel l'a obligée à apurer. En tout, quinze jours à tirer. Sans possibilité de quitter Charleville à cause du manque d'argent. Une perspective qui la déprimerait si la déprime était un luxe à sa portée. L'eau bout. Elle la verse dans son bol avec deux cuillerées de Nes et pas de sucre. Pour la ligne.

À midi, toujours en pyjama, elle déjeune sur le pouce d'un reste de pizza surgelée et d'un yaourt qui a dépassé de peu la date de péremption. Puis, sur un coup de tête, éteint la télé, prend une douche, s'habille. Quitte à s'ennuyer, autant aller s'ennuyer chez ses parents qui se plaignent de ne pas la voir plus souvent. Ils n'habitent pas loin, de l'autre côté de la Meuse, et aujourd'hui, elle n'a pas l'excuse du boulot…

Sur le palier, elle tombe nez à nez avec son voisin. Un nouveau qui a emménagé voilà deux jours. C'est leur première rencontre. Après avoir sacrifié aux politesses d'usage, ils s'apprêtent à repartir chacun de son côté, quand le type se retourne.

— Vous ne voudriez pas boire un coup avec moi ? Pour baptiser mon palais. Une sorte de pendaison de crémaillère… Comme je viens de m'installer dans la région, et que je ne connais personne, personne n'a encore visité mon palace. C'est triste à pleurer…

Il a prononcé les derniers mots en imitant la mimique d'un clown en larmes. Laurine hésite.

— Allez, insiste-t-il, soyez sympa... je ne vous retiendrai pas longtemps, et ça me fera plaisir.

C'est un petit bonhomme dans la trentaine, guère plus grand qu'elle, aux yeux vifs et rigolards. Pas beau et même laid, mais d'une laideur plaisante avec son air gouailleur, son menton en galoche, son drôle de nez... Feignant de croire qu'elle a accepté la proposition, il ouvre sa porte et la précède dans un studio exactement semblable à celui qu'elle occupe. Sauf qu'on n'y trouve aucun meuble, à part un matelas nu posé à même le sol. Ainsi, la pièce paraît plus petite.

Le temps qu'il ouvre une bouteille de vin blanc, rince deux verres sur l'évier, ils n'échangent pas une parole. Elle le laisse s'activer en fixant le plancher. Mais quand leurs doigts se frôlent, au moment où il lui tend son verre, leurs yeux se lèvent en même temps. S'accrochent. Ni l'un ni l'autre ne détournent le regard. Ils se parlent sans un mot.

Laurine s'irrite de sentir sa lèvre inférieure trembler. Il va peut-être s'imaginer qu'elle est craintive, ou émue, et ça l'agace. Quand il approche la main de son visage, elle recule d'un pas en secouant la tête. La main retombe. Leurs yeux ne se sont pas quittés. Elle murmure d'une voix étouffée :

— Déshabille-toi.

Sans attendre, elle déboutonne son chemisier.

Ils sont nus. Debout, face à face, les bras le long du corps. Le pénis de l'homme s'allonge en se redressant. Comme la tête d'un escargot hors de sa coquille, le gland émerge. Laurine fronce les sourcils, ouvre la bouche pour dire quelque chose, puis la referme sans avoir rien dit.

D'un même élan, ils s'enlacent, se jettent sur le matelas, où ils roulent de côté et d'autre en s'étreignant brutalement…

D'abord, elle n'éprouve rien d'autre que le plaisir de serrer dans ses bras un corps tiède. De respirer les parfums d'une chair vivante qui fleure le savon. Il a planté ses dents au creux de son épaule, il grignote la peau en l'aspirant. Douce morsure. Elle frotte ses tétons contre la poitrine osseuse, mains agrippées à ses épaules, reins agités de brusques détentes.

Lui, ses doigts crispés dans le gras des fesses, tente d'assagir les mouvements qu'elle fait. Mais il n'est pas de taille à avoir le dessus. Tous deux soufflent fort, halètent comme des lutteurs. De temps en temps, des couinements leur échappent, des grognements. Ils s'acharnent. L'odeur des transpirations se mêle à des odeurs d'origine franchement sexuelle.

Sans qu'aucun des deux l'ait prémédité, la verge a trouvé une ouverture au centre du nid douillet de la vulve. La pointe du gland est déjà à demi engagée à l'orée du vagin. D'un coup, ils cessent de bouger. Comme si un précipice s'ouvrait devant eux. Pendant une poignée de secondes, on n'entend que le bruit de leurs respirations. Puis Laurine grince :

— Baise-moi…

Le lent glissement du membre lui procure une volupté si insupportable qu'elle l'abrège en s'empalant à fond d'un coup de cul énergique. Ensuite, elle s'abandonne… lâche les épaules de l'homme, ouvre ses bras en croix, roule sa tête de droite à gauche, répète plusieurs fois d'une voix plaintive :

— Baise-moi… baise-moi…

Appuyé sur ses bras tendus, il la pistonne de plus en plus vite. À elle, la montée de l'orgasme tire des geignements qu'elle ne cherche pas à contenir, et qui s'achèvent en un cri étranglé…

Plus tard, alors que son compagnon, étendu sur elle de tout son long, reprend sa respiration, elle se dégage du poids qui l'étouffe, se lève, se dirige vers la fenêtre où elle s'accoude, le front à la vitre.

— Qu'est-ce que tu regardes ? interroge-t-il.

— Rien… tu pourrais pas comprendre…

Elle ajoute pour elle-même :

— Les palmiers… la mer…

Le bonhomme de Pierre

Clotilde Roméro

Une forêt épaisse envahie de sous-bois bordait notre terrain de camping. On avait pris l'habitude, ma copine Sandra et moi, de nous y rendre l'après-midi pour pouvoir lire tranquilles. C'est là, en nous glissant entre deux pins, qu'on les a aperçus. On s'est plaquées contre un tronc pour jouer les voyeuses ; ils ne nous avaient pas vues tant ils étaient occupés.

Lui et elle. Elle avait été élue miss Camping une semaine plus tôt. C'était une brune d'origine italienne au regard de braise. Ses seins et ses fesses débordaient du bikini qu'elle arborait en permanence pour aimanter les regards masculins. Mais là, elle ne l'avait plus, son *« itsi bitsi petit bikini »*, postée à quatre pattes, nue comme une bête, sur un plaid jeté par terre. Elle tendait sa croupe vers lui, et lui la besognait en y mettant toute son ardeur.

Lui ! J'avais du mal à y croire.

Ce qui disait sans doute le mieux qui il était, c'est qu'il avait gardé ses chaussettes et fixe-chaussettes ! Son sexe disparaissait dans les muqueuses béantes de la fille. Il avait le visage crispé, les muscles du cou saillants ; ses gros yeux globuleux semblaient sur le point de sortir des orbites derrière les verres épais de ses éternelles lunettes.

Ce qui nous a surprises, l'une comme l'autre, c'est la chose considérable qu'il a fini par extraire de la vulve de miss Camping. On n'aurait jamais imaginé qu'il en avait une aussi grosse ! L'année précédente, quand on se moquait de lui entre nous, on se disait que, vu son physique mesquin, il devait en avoir une toute petite et toute molle. En tout cas, sûrement pas l'épieu à l'aide duquel il forait les chairs intimes de la splendide brune !

Le type a prononcé quelques mots, qu'on n'a pas entendus, mais dont on a compris le sens comme si on avait lu sur ses lèvres. « Je vais te la mettre dans le cul, ma belle, tu vas voir comme elle est bonne. » La fille, apparemment, n'avait pas peur de subir la sodomie : elle a eu une expression extatique, accompagnée d'un « oui ! » qui ressemblait à un couinement de souris.

Dans l'ombre des sous-bois, à l'heure la plus chaude, il y avait la pente douce de ce dos féminin, cette chute de reins charnue, et bien sûr, ce pénis qu'on voyait aller et venir. Au début, la pénétration se déroulait, lente et longue, mais la muqueuse anale s'est bien vite ouverte, comme l'avait fait celle du vagin, un moment auparavant. Et là, le type s'est mis à pistonner… La légère expression de douleur qui s'affichait sur le visage de la fille a laissé place à une physionomie vraiment extatique.

On a, toutes les deux, lu sur son visage que la miss jouissait à force d'être fouillée par le membre énorme. À un moment, elle s'est dégagée. La verge nous est apparue de nouveau. Elle semblait encore plus longue, encore plus épaisse, mais ce n'était peut-être que l'illusion de deux jeunes imaginations chauffées par le désir. Comme on le faisait souvent quand on était seules, Sandra et moi, on a accroché nos doigts au sexe de l'autre, à travers le tissu de nos shorts trop serrés. Une manière de soulager les tensions qui nous ravageaient.

La brune italienne s'est retournée, s'est agenouillée devant le type, avant d'envelopper la queue entre ses seins. Ça s'équilibrait plutôt bien entre eux. Lui était doté d'une queue surdimensionnée, et elle pourvue d'une poitrine très volumineuse – de future mamma italienne, qui gonflerait encore au fil des maternités. Elle disposait en tout cas d'une masse suffisante pour engloutir la verge monstre tout entière. Nous étions impressionnées, ma copine et moi, parce que nos seins à nous, même s'ils n'étaient pas du genre œufs sur le plat, n'allaient pas loin comparés aux siens.

Et elle le massait comme ça, à l'aise. Donc, ce n'était sûrement pas sa première fois, à la miss. Et une expression de jouissance intense déformait le visage du bonhomme pervers. On l'avait toujours trouvé moche avec sa moustache informe, mais le voir en action à ce moment-là a modifié notre regard sur lui. Pour la première fois, on lui a trouvé, Sandra comme moi, imaginez-vous, du charme ! Finis, les sarcasmes dont on l'abreuvait quand on le voyait passer l'année précédente.

La fille lui a « cajolé » le membre entre ses seins pendant un moment avant d'en dégager le bout. N'apparaissait que la tête énorme, toute violacée du séjour forcé dans la prison de chair moelleuse. La fille a incliné la tête, et voilà que la pointe de sa langue a parcouru toute la surface du gland. Le type n'a pas tenu très longtemps à ce régime : ses jets ont fusé très haut.

La fille s'est éloignée. Le sexe de l'homme pendait entre ses jambes, encore consistant bien que débandé. La fille est revenue se serrer contre lui, avant qu'ils échangent un bref baiser, puis s'éclipsent. Au moment où ils repartaient, j'ai entendu le type murmurer à la fille :

— Appelle-moi Pierre.

On est restées là, Sandra et moi, au bord de la jouissance. On se frottait encore à travers nos shorts en toile jean. On les a défaits pour mettre nos sexes à l'air. On savait, chacune, ce qu'il fallait faire pour contenter l'autre. Moi, ce dont j'avais besoin, c'était d'un doigt, unique, s'enfonçant dans ma vulve, et allant et venant… Et elle, ce qui la faisait planer, c'était que mon doigt frotte le capuchon qui recouvrait son clitoris jusqu'à faire sortir la bébête… Je n'étais pas tellement sensible de ce côté-là, elle si. Quand on la massait à cet endroit, rien ne se produisait pendant un moment… et puis, tout d'un coup, un bouton très volumineux jaillissait à l'air libre – d'autant plus impressionnant qu'il contrastait avec le reste d'une anatomie plutôt menue d'aspect.

On s'est fait jouir en pleine nature, puis on a regagné le camp. L'après-midi, tout le monde se mettait à l'ombre, fuyant la canicule. On avait joui, mais on avait encore le ventre en feu, habité par un besoin criant de se faire remplir. On s'est regardées, Sandra et moi. Il y avait pas mal d'hommes au camp. Pourtant, celui qui nous faisait envie, à ce moment précis, n'était pas un des garçons que nous avions approchés ensemble, et dont nous avions déjà consommé la sève, mais bien le dragueur aux allures de beauf.

Nous étions tellement proches, elle et moi, que nous n'avions pas besoin de nous parler pour nous comprendre. Une convoitise obsédante a grandi en nous jusqu'à ce qu'on arrive à la même décision.

Tous les jeudis soir, il y avait une soirée dansante ouverte à tous. Tout le monde se mêlait, jeunes et vieux ; les musiques, modernes ou anciennes, alternaient pour satisfaire tous les goûts. Les couples éphémères les plus improbables se formaient, qui n'existeraient que pour quelques heures, le temps d'une étreinte, puisque, consciemment ou non, c'était le but recherché par tous.

On se tenait par la main, Sandra et moi, angoissées à l'idée de plonger dans l'univers de stupre comme tous les jeudis soir. Une fois le premier contact pris, ça allait mieux. On avait au moins une certitude : on repartirait avec quelqu'un. Les couples se formaient de manière quasi inévitable : les pulsions sexuelles qui circulaient étaient si puissantes qu'elles aimantaient forcément les gens. Et on faisait tout pour : les corps féminins s'offraient en robe courte, moulante, sous laquelle bien peu portaient des sous-vêtements. Ceux des hommes qui le pouvaient étalaient leurs corps musclés sous des chemises ouvertes…

En entrant dans la grande salle, je l'ai aperçu. Il venait sans doute d'arriver. Il était installé au bar, pas loin de la piste de danse ; son regard prédateur glissait comme un serpent de l'une à l'autre. Un frisson a parcouru ma colonne vertébrale. C'était curieux… il était tout sauf beau, et pourtant, je ne savais que trop à quel point j'avais envie de lui. Le regard de Sandra a accroché le mien à travers la pièce. Elle aussi partageait ce désir. D'instinct, on a su ce qu'on allait faire. Elle s'est levée, a traversé la piste de danse qui se remplissait, pour s'approcher de moi. On est restées figées à le zyeuter. Il était habillé de blanc, chemise ouverte sur un torse orné de bijoux ; il scrutait les filles de la salle avec avidité.

On est venues se poster juste devant lui, au bord de la piste. Il ne pouvait pas nous manquer. On s'est mises à danser, en faisant comme si on ne le voyait pas, alors qu'on sentait ses regards sur nous. Ce n'était sans doute pas difficile de l'allumer ; il suffisait d'évoluer devant lui, mais on faisait bien plus. On se frôlait, Sandra et moi ; on s'embrassait à pleine bouche, et on promenait nos mains sur le corps de l'autre, frôlant les parties charnues, soulevant la robe. Il n'y avait guère de tissu à remonter pour dévoiler hanches pleines, fesses plantureuses, sexe imberbe.

Un coup d'œil en coin m'a suffi pour comprendre qu'il était appâté. Rempli de suffisance, il a sauté le pas, est venu danser près de nous. Dans d'autres conditions, il aurait sans doute été ridicule, mais en ce lieu, à cette soirée, les règles communes étaient abolies, et le désir plus fort que tout. On a dansé à trois. Sa queue soulevait le tissu de son pantalon. Quand la danse a été terminée, il a proposé :

— Je vous offre un verre ?

Ce n'était pas original, mais on ne cherchait pas l'originalité. En avançant vers sa table, j'ai repensé à la scène que nous avions surprise dans le bois ; ça a achevé de me mettre dans tous mes états.

Sandra s'éloignait pour aller chercher de quoi boire à la buvette, quand je l'ai rattrapée, mue par un mauvais instinct. La tenant par les hanches, j'ai soulevé sa robe par-devant, dévoilant son bas-ventre que je venais de raser avec soin. J'ai lancé au séducteur moustachu :

— C'est là que tu voudrais la lui mettre ?

Je laissais mon index glisser le long du pubis tout lisse, que je connaissais par cœur. J'ai fiché mon index entre les lèvres que l'excitation avait à moitié dilatées. Je sentais mon doigt se faire avaler par la bouche intime. J'ai retiré mon index déjà couvert de sucs, puis j'ai fait faire volte-fece à ma copine, et relevé sa robe sur ses fesses.

— Ou alors là ?

J'ai glissé mon doigt dans la fente de son cul, avant de m'immobiliser sur son anus, de me planter dedans. Cette fois, ça y était, je l'avais sans aucun doute ferré, le sale type. J'ai laissé Sandra aller chercher nos consommations à la buvette. Nous nous retrouvions face à face dans la pénombre, lui et moi. J'ai amené ma main sur son pantalon. Je le sentais de plus en plus déstabilisé. Habituellement, c'est lui qui faisait les avances.

J'ai cru défaillir quand j'ai perçu l'épaisseur hors norme de son sexe sous le tissu. Je me suis contentée de le masser à travers le pantalon. C'était peut-être ça qui faisait, tout simplement, son succès. Qu'il possède une queue énorme, et que les filles le sentent, par un instinct purement sexuel, et aient envie de l'accueillir en elles.

Sandra est revenue avec les verres. Nous étions à l'écart, dans une zone d'ombre. Sous nos yeux, les couples se laissaient aller à leurs pulsions. C'était comme ça à chaque soirée. Au début, tout était très calme, très sage, puis il y avait un seuil, et quand ce seuil était franchi, chacun s'abandonnait aux débordements de la bestialité. De banale soirée dansante, la fête se transformait en véritable partouze et, si certains couples choisissaient, par pudeur, d'aller s'unir dans des lieux discrets, d'autres, habités par un exhibitionnisme qui ne se révélait que pendant les vacances où tout est permis, faisaient l'amour au vu et au su de tous.

Une pulsion vicieuse nous a poussées à faire que les simples effleurements sur la piste de danse deviennent des attouchements. On avait déjà remarqué, Sandra et moi, que ça mettait les hommes dans tous leurs états de voir deux filles se tripoter. On s'est embrassées, sortant nos langues, les frottant l'une contre l'autre, puis on est passées à plus sérieux. Elle a soulevé le bord de ma robe. Contrairement à elle, j'avais un collant translucide sous ma robe : je craignais les soirées de juillet un peu fraîches. Elle promenait son index sur moi à travers le collant. Je me laissais faire, frémissante et gémissante, alors que la chaleur remplissait mon ventre, que je sentais mon sexe humidifier mon collant comme pour le faire luire davantage dans la nuit. La joie que j'éprouvais à être caressée par elle était décuplée par le plaisir de savoir le regard du beauf à épaisse moustache, épaisses lunettes, épaisse queue, fixé sur nous. En même temps, je percevais chez lui l'irritation d'être mis hors du jeu. Pour nous faire comprendre qu'on devait l'intégrer, il a pris ma main, l'a plaquée sur son pantalon. Le message était clair : nous sommes retournés, tous trois, nous asseoir à sa table, dans l'ombre complice. Là, j'ai descendu sa fermeture Éclair, et, sans que j'aille la chercher, sa bite a surgi.

J'ignore ce qu'il a lu sur mon visage, puis sur celui de Sandra, sans doute ce qu'il lisait sur le visage de chaque fille quand elle découvrait son morceau, qui frôlait la monstruosité. Un frisson m'a secouée à la pensée de ce que ça devait faire d'être remplie par un membre pareil. Par réflexe, sans qu'il l'ait demandé, je l'ai masturbé, moins pour l'exciter que pour prendre la mesure de son engin… et pour en garder le souvenir : connaissant ses manières, je savais qu'il n'y aurait qu'une seule fois. Un frémissement de contentement l'a parcouru de la tête aux pieds, puis il s'est laissé aller en arrière sur sa chaise. C'était un mâle, je le comprenais, qui cherchait son propre plaisir, sans se soucier de celui de la femelle.

Sandra s'est redressée. La massue génitale du type lui faisait envie, et moi, j'avais envie de la voir défoncée par elle. J'ai tiré un préservatif de mon décolleté. On avait toujours ce qu'il fallait sur nous. Pendant les vacances d'été, les envies s'avéraient aussi soudaines qu'irrépressibles : il fallait être équipé.

Je tremblais en aidant Sandra à s'ajuster au-dessus du bonhomme. La poupée se laissait guider. Sa robe est retombée ; je l'ai roulée, mettant son cul à nu. Je l'ai tournée visage vers moi : je voulais tout voir. Lui me laissait faire. J'ai pris sa queue au creux de ma main, l'ai guidée vers la vulve de ma copine. Au contact de la chair féminine, tout de suite, un jet de sperme a rempli la capote, sans pour autant que l'homme débande. Je suis parvenue à présenter la tête du pénis à l'entrée de la cavité. Sandra a poussé un long gémissement ;

sous l'effet de la pesanteur, elle glissait le long du membre. Un instant, j'ai pensé que la queue allait l'éventrer ; j'ai voulu stopper le mouvement, mais ma complice était déjà remplie et heureuse de l'être.

C'est moi qui ai tout fait. La tenant par les hanches, je faisais monter et descendre Sandra le long de la verge. Ça m'excitait de voir la terrible barre rentrer en elle, disparaître, reparaître. J'anticipais ce que serait mon sort. En même temps, je travaillais Sandra des mains et de la bouche. Je savais qu'ainsi, je multipliais son plaisir. Ça m'excitait follement. Ma bouche sur ses seins, ma bouche sur la sienne. J'ai fini par me pencher, et après l'avoir remontée une fois encore, j'ai sorti la queue de son sexe, l'ai engouffrée dans ma bouche avec le goût du latex chauffé et celui des sécrétions de ma copine ! J'ai fait pénétrer la queue aussi loin que je pouvais, faisant aller et venir ma bouche dessus, avant de la remettre dans la vulve de mon amie.

Sandra s'approchait de l'orgasme. Finalement, elle s'est tendue à mort en jouissant, puis est restée inerte, avant de s'arracher au phallus que le séjour dans ses entrailles avait dilaté encore davantage. Il y avait en moi de l'impatience alors que je m'installais sur lui. Je me suis positionnée juste au-dessus. Il y a eu un contact entre mes lèvres et la tête du sexe, mais j'ai eu une peur irraisonnée, qui m'a fait remonter. L'instant d'après, pourtant, je suis redescendue sur lui. Je me suis assise dessus, et pourtant, je n'ai pas senti, tout d'abord, que la queue rentrait en moi, mais plutôt les agaceries de Sandra sur mes seins et sur ma bouche, son doigt sur mon clitoris. La sensation m'a remplie avec retard, seulement quand le gland a buté contre ma matrice. Alors que je n'avais jusqu'alors rien ressenti, j'ai joui sur-le-champ : l'orgasme m'a fendue en deux. Sandra m'a rendu la pareille, me caressant, m'embrassant, m'accompagnant alors que je me soulevais. Les sensations incendiaient mon ventre, alors que le membre frottait contre mes parois vaginales. Je le sentais réagir, jusqu'au moment où il a déversé des torrents dans le préservatif.

Je me suis dégagée. Nous étions à nouveau des étrangers. Le type a retiré le préservatif, s'est reboutonné. Sandra et moi, on s'est éloignées. La magie était retombée, et sans doute, nous ne voulions pas nous poser la question de savoir pourquoi nous avions eu envie de lui. On allait se séparer quand il nous a jeté :

— Les filles, appelez-moi Pierre…

On l'a revu souvent cet été-là sur l'espace du camping, en compagnie des unes et des autres. Je le savais, une fois qu'il avait obtenu une proie, il lui tournait le dos, partait en quête de nouvelles opportunités. La dernière fois que je l'ai vu, il était avec une petite blonde très jeune, au cœur des sous-bois, son terrain d'activité préféré. La fille était immobile ; il se servait de sa bouche, allant et venant, jusqu'à ce qu'un flot crémeux jaillisse, déborde des commissures, ruisselle sur le menton et la poitrine.

Quelques jours plus tard, on l'a vu quitter le camping entre deux gendarmes. L'été a fini sans qu'on le revoie.

Forest fire

Frédéric Chaix

Fin d'été, vacances, quinze jours tranquilles, trop tranquilles, chez les parents de ma femme avec nos gosses. Une petite ferme au sud-est de Lyon en pleine campagne. Pas grand-chose à faire si ce n'est regarder passer le temps.

Ma femme, petite brune aux cheveux courts, jambes magnifiques, seins lourds, courbes généreuses, cul à se damner, yeux noisette, sourire à tuer.

— Ça te dit, une balade ?

Petit baiser en passant. J'effleure ses fesses.

J'informe mes beaux-parents, les gosses ne râlent pas trop. Avec la piscine, ils sont occupés. Nous voilà partis. Une agréable balade à travers la forêt.

Quelques dizaines de minutes de marche plus tard, je rêve, quelques pas derrière elle.

Elle parle de je ne sais pas trop quoi, je ne l'écoute pas vraiment. Légèrement décalé, je regarde ses seins dodeliner sous son tee-shirt. Leur doux balancement me berce. Mon esprit vagabonde. J'aime bien l'été, quand elle est habillée léger. Elle fait danser l'imagination.

— À quoi tu penses ? Tu mates mes seins, tu dois bien penser à quelque chose… À quoi tu penses ?

— À tes seins.

Pourquoi faut-il que les filles demandent toujours ce qu'on a dans la tête ? En général, au moment le plus incongru, quand on ne pense qu'à les baiser, elle, ou une autre, ou plusieurs autres… À quoi tu penses ? À rien, ma chérie, à rien…

— Si on s'enfonçait dans la forêt ?

Dans les bois, avec la broussaille, les buissons… on n'est pas équipés, et c'est pas la période des champignons.

Nous voilà dans les bois. Elle semble savoir où elle va, elle connaît la région depuis son enfance. Quelques minutes plus tard, une petite clairière loin de tout, silence, calme, chaleur, beauté du lieu, perfection du moment.

La voilà qui se penche, aguicheuse, l'air de chercher quelque chose au sol, un champignon, une fleur, je ne sais. Sa petite jupe légère, si légère, se tend au ras des fesses. Comme je l'avais déjà constaté, pas plus de culotte que de soutien-gorge, un début d'érection me vient…

Je m'approche, l'attrape, l'attire en douceur vers mon bas-ventre. Érection confirmée.

Elle se redresse, faussement courroucée. Mes mains suivent le mouvement, attrapent ses seins au vol. J'en caresse la pointe à travers le tissu, me penche sur sa nuque, mordille le creux du cou, tout en pinçant plus fort les tétons érigés. Mon sexe rigide bien plaqué contre son cul. L'effrontée accompagne le mouvement d'un tendre mouvement du bassin qui me branle délicatement.

J'attrape son oreille entre mes lèvres, évite la boucle d'oreille, suçote le lobe, elles adorent ça, tout en accentuant le pincement des seins déjà durs.

— J'aime bien ce que tu me fais…

En un tour de main, jupe et tee-shirt s'envolent. Complètement nue, le soleil rayonnant sur sa peau, elle me regarde, provocante.

— Hop, hop, on active.

— Je te regarde, laisse-moi un peu de temps… Purée, ce que tu es belle comme ça. Ma femme est la meuf la plus canon que je connaisse !

Elle s'approche.

— Mate pas trop longtemps, elle a envie de toi, la meuf canon, c'est pas le moment de la faire attendre… Tiens, regarde un peu ce qui t'attend, mon chéri.

Elle écarte les jambes en me fixant droit dans les yeux. Sa main descend vers son sexe, effleure les lèvres, les entrouvre, introduit un doigt, l'enfonce… Sourire coquin, complice. Mouvements de caresses, deux doigts dans le vagin, la paume de la main posée sur le clitoris. Je l'ai déjà vue faire mille fois, ça m'excite toujours autant.

Droit dans les yeux, elle plaque mon tee-shirt contre son nez.

— J'aime ton odeur.

Elle me sourit, arrête de se caresser.

— Continue à te branler, je construis notre nid.

Je me masturbe, la regardant étaler tee-shirts et jupe sur le sol. Elle aplatit l'herbe haute afin d'y déposer nos vêtements. À chacun de ses mouvements, ses seins tressautent ou se déplacent en un doux mouvement giratoire. Sa vulve s'entrouvre, laissant perler des signes humides d'excitation. Elle prend son temps, laissant mon excitation monter.

Finalement, elle s'allonge sur les vêtements.

Je m'approche tout en continuant à caresser mon sexe.

— Attends, attends, attends… C'est pas plat sous l'herbe. On va pas être bien… On va changer de place.

— Mais dépêche-toi donc !

Elle se relève, glousse…

— T'inquiète pas, on va y arriver.

Elle s'approche de moi…

— Donne.

Se penche sur mon érection.

— Pas d'impatience, toi.

De la pointe de sa langue, elle chatouille le bout de ma bite. D'un petit mouvement circulaire, sa langue tournicote autour de mon gland. Petite aspiration, il disparaît dans sa bouche. Sa langue s'enroule autour de ma verge, tandis que de sa main elle me caresse les couilles. Elle a toujours su y faire. Sa langue papillonne autour de ma verge, suçote, tourneboule autour du frein et… petits bisous sur le gland.

— T'arrête pas là…

— C'était juste pour le tranquilliser, je sentais qu'il s'impatientait, le pauvre…

— Un peu, mais ça va aller, continue.

— Attends, je cherche un autre endroit, mieux adapté.

Elle déplace nos vêtements de quelques mètres. Tâte le terrain.

— Ça a l'air bien, ici.

Elle étale le peu de vêtements que nous avions, se couche, ouvre les jambes. Je reluque sa minette trempée. Maintenant à genoux, j'avance un doigt vers l'entrée de son vagin, l'y introduis en prenant mon temps. Inondée. J'ajoute un second doigt, caresse l'intérieur de son sexe moelleux. Mon pouce se pose délicatement sur le capuchon du clitoris. J'appuie à peine, effleurement.

— Tout doux, mon beau, je suis super excitée.

Mes deux doigts s'agitent à l'intérieur du vagin. Se croisent et se décroisent. Rapide, lent, haut, bas, droite, gauche, un petit huit, un grand huit, garde-à-vous, pour mieux s'enfoncer plus profond. Léger mouvement du pouce autour du clitoris maintenant très dur. Jouer avec, autour, accélérer, trop tôt, ralentir, voluptueux, ne pas penser à mes genoux !

Je la regarde, yeux entrouverts, petits soupirs que je connais si bien, elle se caresse les seins. C'est le début, elle est bien. Prendre mon temps…

Mal aux genoux.

Je me penche vers son sexe. Forts effluves musqués, odeurs aphrodisiaques. Ma langue frôle sa fente, je la goûte. Délicieux. Sa saveur, toujours différente, est comme je l'aime, très relevée, forte en bouche, goût de transpiration très prononcé, piquante après la marche et la chaleur, acidité lactée propre aux femmes, une pointe d'urine pour pimenter le tout…

Le bout de ma langue remonte pour prendre la place de mon pouce, tandis que mes doigts toujours bien enfoncés en elle se déplacent vers le haut de son vagin pour se positionner sous son clitoris. Ce dernier, pris entre deux feux, se dresse. Elle aime. Gémissements longs, profonds. J'adore. Elle se cambre, magnifique. Tous mes sens en éveil, odeurs, goûts, toucher, vue, et quelle vue ! Son sexe, la plus belle chose au monde, et l'ouïe, entendre son excitation, puis, plus tard, l'orgasme bruyant…

— Foutus genoux !

Elle remue moelleusement son bassin. Pousse son sexe vers ma bouche. Je retire mes doigts, plaque ma langue, bien à plat sur toute la longueur de sa fente. Mon nez se pose sur son clito qu'il branle délicatement. Ma langue virevolte, rapide, lente, molle, dure, alternance, lape, aspire, s'enfonce profond dans son sexe crémeux. Mes doigts entrent, sortent, jouent avec ses petites lèvres rose tendre. Les sensations affluent, multiples. Parfait. Le temps passant, le rythme de sa respiration s'accélère. Elle halète plus fort, dégouline, mouille. Inondation. Son bassin vibre…

— J'en peux plus !

— Pourquoi tu t'arrêtes ? Ça va pas, non ? Me laisser en plan comme ça !

J'ai vraiment trop mal aux genoux, j'ai une crampe, faut que je me mette à plat, que je me couche, sinon je ne vais pas y arriver. Il y a des cailloux sous l'herbe, ils font mal.

— Alors, couche-toi, mais t'arrête pas !

De la main, je tasse l'herbe, éjecte quelques cailloux, déplace le short sous mon sexe pour le protéger. Je m'étends sur l'herbe. Position certes plus confortable, mais ça pique, et je sens l'humidité du sol.

Je vais pour réintroduire mes doigts dans son sexe.

— T'as nettoyé tes doigts ? Je veux pas que tu mettes tes doigts dans ma chatte avec de l'herbe et de la terre, c'est dégueulasse.

— Ça va, je m'essuie… On s'y remet ?

— Écoute, tu as tripoté le sol, l'herbe, la terre. Si on passait à autre chose ? Maintenant que tu m'as coupée dans mon élan. Un truc plus direct.

— O.K., de toute façon, ce n'est pas très pratique pour moi avec mes gen…

— Tu me les casses avec tes genoux… On se met comment ?

— Reste couchée comme t'es.

— On le fait tradi, alors…

Qu'elle me dit avec son petit sourire canaille.

Je déplace une fois de plus le short sous mes genoux pour faire amortisseur. Je m'introduis posément en elle. Coups de reins, je trouve le rythme, son souffle s'accélère petit à petit.

Gouttes de sueur. Mes coups de reins deviennent plus brusques, plus rapides. Soleil. Lumière. Puis je ralentis. Petite brise délicate.

Dans son intimité liquide, mon sexe retrouve sa place, sa niche si bien connue. Je sors, je rentre. Du bout du gland, je joue avec les lèvres, le pose sur le clitoris. J'empoigne ma queue, la fais tourner sur son bouton pendant quelques secondes. Avant de, à nouveau, m'enfoncer brusquement au plus profond d'elle.

— Oui.

J'accentue la pression et… j'ai mal au dos, faut changer de position.

— Quoi ?

— Oui, le sol est dur et tu pèses sur moi. J'ai des cailloux qui me font mal.

— Tu vois… Bon, je vais me mettre à ta place et tu te mets sur moi.

— Chouette, j'aime bien comme ça, je te sens super bien.

Couché sur le dos, elle se positionne sur moi, se laisse doucement descendre sur ma bite. S'empale, fait coulisser tranquillement son sexe le long du mien. Ses seins oscillent de droite à gauche, superbe spectacle. J'attrape un téton au vol, du bout des lèvres, le suçote un peu, le mordille. Le visage tendu vers le ciel, un sourire de plaisir.

Bien enfoncé au plus profond de ses entrailles. Sa chatte, telle une ventouse, m'aspire en elle. Elle entreprend alors un lent mouvement de rotation.

— Oh oui, c'est si bon ! Je le sens, je te sens, tu ne peux pas savoir, c'est fort !

Sa poitrine s'agite au-dessus de moi. J'attrape à pleine main, presse, pétris.

Pousse mon sexe vers le haut, le plus fort possible, elle me reçoit cinq sur cinq, long soupir de satisfaction.

Et…

— J'arrête tout.

— Y a une bête, putain, y a une bête, j'te dis.

Je me débats. Elle résiste. Je la repousse. Son sexe fait une sorte de « spop » quand je déventouse un peu trop brutalement. Je vire la bestiole, une simple fourmi de rien du tout. La honte…

Elle se met à quatre pattes, me tend son cul.

— Baise-moi en levrette, fais vite, réfléchis pas, j'en peux plus, dépêche-toi !

Sa chatte entrouverte n'attend plus que moi. Je m'accroupis légèrement pour me mettre au bon niveau, pénètre brusquement, hum, ça glisse tout seul. Je m'enfonce profond. Violent coup de reins. Elle pousse en sens inverse. Choc brutal. Elle m'absorbe, intégralement. Un grand OUI, crié, hurlé, braillé. Bien accroché à son cul, je l'attire vers moi, m'enfonce plus profond, toujours plus loin dans la matrice.

— Oui, c'est bon là, ça vient, putain, baise-moi fort !

Et ça vient. Tellement vite. Prise de spasmes, elle se met à gueuler, un cri à dépeupler la forêt de sa population animale. Elle gigote dans tous les sens. Au moment où j'éjacule, en pleine convulsion, elle me repousse, m'éjecte presque férocement. Mon sperme gicle sur son cul, sa jupe, sur l'herbe.

Elle s'affale. Son visage, de trois quarts, déformé par la jouissance. Sa bouche hurle, mais plus aucun son n'en sort. Cri silencieux. Impressionnant. J'essaie de la toucher. À peine ma main l'effleure-t-elle qu'elle la repousse. Inutile d'insister. Pour finir, elle éclate en sanglots, rouge, écarlate. De grosses larmes coulent le long de ses joues.

Au bout de plusieurs minutes de soubresauts, de gémissements, elle se calme, reprend son souffle. Les yeux dans le vague :

— Et si on revenait demain ?

Grand sourire.

— On n'aura qu'à prendre une grande couverture, bien épaisse, bien large, voire deux, pour être sûrs. Une ou deux serviettes aussi. Et…

VACANCE

Frida Ebneter

Lucas roulait sans se presser à travers le petit bois, qui commençait à prendre des teintes d'automne. À un moment, il s'arrêta, coupa le moteur. Des souvenirs d'enfant lui revenaient en mémoire. Par exemple, le sanglier.

— Attention, lui avait dit sa mère, un jour qu'ils se promenaient au bord d'un chemin bordé de taillis, voilà un sanglier, vite, recule !

C'était pour jouer, mais il crut réellement sentir l'animal foncer en aveugle devant lui, percevoir son souffle.

Il y avait aussi les renards enragés, qui avaient traversé les grandes plaines d'Europe avant d'atteindre les forêts de l'est de la France.

Il avait plu toute la journée, le soir tombait, un vent s'était levé. Les bois devenaient lugubres. En tout cas, inquiétants. L'angoisse étreignait Lucas.

Il avait hâte d'arriver à destination.

Le bourg, comme beaucoup de villages lorrains, était construit tout en longueur, de part et d'autre de l'arête principale, la grand-rue, à une extrémité de laquelle il y avait la poste, à l'autre la gendarmerie.

La maison se dégradait, ce qui n'avait rien d'étonnant : voilà trois ans que personne n'y séjournait plus. La première année de son mariage, il y venait avec Marthe, sa femme, pour des week-ends prolongés ou des petites vacances, mais par la suite, celle-ci déclara que la maison ne lui plaisait pas, qu'elle s'ennuyait dans ce village, que d'ailleurs, la Lorraine n'était pas une région où venir en villégiature.

À présent qu'il avait tout perdu, son emploi et son épouse, il ne lui restait plus que cette maison au bord de la Moselle. Lucas allait profiter de ses vacances forcées pour la remettre en état. « En état de marche », comme il se disait dans sa tête.

Il avait, pour ce faire, deux mois devant lui. Ensuite, il commencerait son nouveau boulot : chauffeur de bus à Paris. Un copain lui avait trouvé un petit studio à Pantin, rue Hoche, entre le métro et le canal. Marthe avait déménagé, l'état des lieux avait été fait, les clefs de l'appartement qu'ils occupaient ensemble avaient été rendues au propriétaire. De ce côté-là, tout était en ordre.

Il poussa le portail, qui grinça. Le fer était rouillé, Lucas devra le repeindre. L'allée conduisant à la porte d'entrée était envahie par les hautes herbes, qui croissaient joyeusement dans tout le jardin. Au fond, il y avait un appentis avec un établi et un outillage.

Il faisait humide et froid à l'intérieur de la maison, comme dans son âme à lui. Lucas descendit au sous-sol mettre la chaudière en route.

La salle à manger comportait une cheminée. Demain, il se rendrait au village, en reconnaissance. Il irait chercher des bûches et du petit bois chez Raymond, le patron du bar, qui vendait aussi les bouteilles de butane ; il faisait également le taxi pour les habitantes qui n'avaient pas de véhicule personnel, et désiraient se rendre à la ville, à deux ou trois, faire des courses. Il prendrait l'apéritif au comptoir, achèterait le journal, puis irait s'approvisionner à l'épicerie. En rentrant, il allumerait le feu dans la cheminée. Ce serait son premier jour de vacances.

De l'autre côté de la rue, il y avait une grande maison en travaux, il s'en souvenait, la dernière fois qu'il était venu à V. ; à présent, elle était rénovée, et sur la porte d'entrée, on pouvait lire : « Chambres d'hôtes ». Pour Lucas, c'était nouveau.

Deux jours passèrent. Le troisième, tandis qu'il était occupé au jardin, une blonde d'une quarantaine d'années passa devant la grille, s'arrêta, regarda à travers les barreaux, et comme il levait la tête, lui fit un petit signe en guise de salut. Puis elle s'éloigna.

Il n'avait encore jamais vu cette femme.

Elle revint un peu plus tard avec des œufs dans un panier. Lucas était rentré, il activait le feu. Elle frappa discrètement, ouvrit, apparut dans l'embrasure au moment où il se retournait.

— J'ai vu que la maison n'était plus abandonnée, dit-elle. Tant mieux. Je m'appelle Èveline, nous sommes voisins, je suis la propriétaire du gîte. Je vous ai apporté quelques œufs, ils viennent de la ferme.

Lucas remercia. C'était très gentil de sa part. Elle boirait bien un café ? Il était justement en train d'en faire.

Ils prirent place en silence sur le banc devant le feu.

— Maintenant que je me suis présentée, dit-elle, dites-moi qui vous êtes, parlez-moi de vous.

Il lui dit son nom, exposa en deux mots sa situation. Elle l'écoutait, attentive aux mots qu'il disait. De son côté, Lucas l'examinait sans en avoir l'air. Elle lui plaisait, avec ses yeux bleus et son doux sourire. Leurs doigts se rencontrèrent sur la cafetière, chacun, d'un même mouvement, ayant voulu servir le café. Lucas sentit alors combien il avait besoin d'une femme. La serrer dans ses bras, respirer ses cheveux… Depuis combien de mois son sexe était-il en manque ?

Il allait poser une main sur son genou, mais elle se leva pour partir.

— On se reverra ? demanda-t-il.

— Mais oui, puisque vous êtes là pour deux mois !

Il se réveilla au milieu de la nuit et se remémora les paroles de sa femme au moment où elle lui annonçait qu'elle le quittait.

Mais pourquoi ? suppliait-il, désespéré. Parce

qu'il venait de perdre son emploi, parce qu'elle avait un amant ?

Elle refusait de s'expliquer. Tout ce qu'elle savait, tout ce qu'elle pouvait dire, c'est qu'elle voulait partir, refaire sa vie.

Au fond de la pièce plongée dans l'obscurité, des braises rougeoyaient sous les cendres de la cheminée. Lucas ferma les yeux et revit le corps de sa femme étendue nue près de lui, comme à l'époque où elle recherchait ses caresses, où elle se trouvait bien avec lui. Il se penchait sur son sexe, effleurait la splendide toison brune, odorante, y fourrait son nez, la fouillait, écartait les lèvres sexuelles, y posait sa bouche, enfonçait sa langue dans l'orifice humide…

Comment pourrait-il l'oublier ?

Èveline revint bientôt chaque jour. Elle faisait le jardin avec lui, puis ils s'asseyaient devant le feu, parlaient peu, par mots entrecoupés de soupirs. Ils se serraient l'un contre l'autre, s'embrassaient, le cœur palpitant. Elle était seule, comme lui, du moins il le supposait. Elle lui rendait ses baisers, lui permettait de dégrafer son corsage, de lui palper les seins. Il lui caressait les jambes sous sa jupe, en remontant le long du collant, jusqu'au ventre, mais elle ne se donnait pas. Pas encore.

Ils faisaient la cuisine ensemble, choquaient leurs verres après les avoir remplis. Ils évoquaient d'anciens souvenirs ; Lucas avait passé son enfance dans cette maison, elle avait appartenu à ses parents, et à leur mort, il en avait hérité. Èveline, d'origine polonaise, avait épousé un entrepreneur qui avait été victime d'un accident. Elle était venue ensuite s'établir dans ce village, situé dans une boucle de la Moselle, et avait aménagé les chambres. Sur demande, elle faisait également table d'hôtes et préparait des recettes polonaises.

À la fin du repas, elle partait en lui disant :

— À demain.

Un soir, pourtant, elle resta. La maison, de plain-pied, comportait deux grandes chambres au bout du couloir, mais, préférant la proximité du foyer et la tiédeur qui en émanait, ils décidèrent de dormir dans le canapé du séjour.

Il se mit en pyjama pendant qu'elle se déshabillait dans la salle de bains. Il l'entendit se brosser les dents, puis quand l'eau s'arrêta de couler, Lucas éteignit le plafonnier, ne laissant que la lumière de la lampe de chevet, et se glissa sous les couvertures.

Elle s'approcha du lit ; sa chemise de nuit lui arrivait en haut des cuisses.

— Viens ! dit Lucas, et il éteignit la lampe.

Elle se blottit contre lui. Ils restèrent un moment immobiles, émus, un peu haletants. Lucas lui abaissa les bretelles de sa chemise pour dégager les seins. Ils avaient la taille et la fermeté de petits melons. Il lécha les bouts, les suça, heureux de les sentir enfler et durcir dans sa bouche.

Quand les doigts d'Èveline se refermèrent sur son membre à demi érigé, il frémit. Il attendit de voir ce que ça lui faisait. C'était étrange, ils avaient tous deux quarante ans et se comportaient comme des débutants ! Comme des adolescents timides. Cela faisait des jours qu'il rêvait de la prendre sans douceur, qu'il avait des envies de la violer, et maintenant qu'elle était là, consentante, ou plutôt non, en demande, quelque chose l'arrêtait.

Elle écarta à peine les cuisses quand elle sentit sa main s'insinuer vers son intimité. Lucas s'immobilisa sur le pubis : il poussa un soupir, rassuré : les poils étaient fins, clairsemés. Juste un petit buisson de blonde. Il enfonça deux doigts dans l'orifice, les agita au fond du vagin, les ressortit couverts de mouille. Èveline respirait vite.

— Prends-moi, Lucas ! Oh, prends-moi !

Il tressaillit : elle avait prononcé son nom.

Sa queue avait grossi d'un coup, elle était devenue dure entre les doigts de la femme. Il se coucha sur elle, la laissa ajuster son gland à l'orifice vaginal, puis la pénétra lentement, savourant ce qu'il percevait : c'était humide, c'était chaud – doux comme du velours. Ils étaient à l'abri : il pouvait y avoir de l'orage ; les renards enragés, affamés, pouvaient sortir de la forêt et entrer dans le jardin, ils étaient à couvert, blottis l'un contre l'autre, rien de mauvais ne pouvait les atteindre.

Il entreprit une série de va-et-vient dans son fourreau protecteur, fit rouler son bouton sous son pouce. Èveline émit une plainte de bête blessée, puis elle eut un long orgasme qui déclencha sa jouissance à lui.

Il s'endormit la tête contre son dos, le bras passé autour de son ventre.

Il s'éveilla en entendant couler l'eau de la douche. Son téléphone mobile marquait sept heures. Il alluma la lampe de chevet, s'étira, se leva, enfila la grosse veste qui était restée dans l'armoire de la maison, et qui lui tenait chaud ; les soirées et les matinées étaient déjà fraîches en cette saison. Il prépara le café.

Éveline sortit de la salle de bains, lavée et habillée. Il ne sut pourquoi, mais les mèches humides qui lui collaient sur la nuque lui causèrent de l'émoi.

— Déjà prête ?

— Oui, il faut que j'aille préparer le petit déjeuner : deux des chambres d'hôtes sont occupées. Mais d'abord, je prends le café avec toi. L'arôme me monte aux narines !

C'est ainsi que les choses se passèrent tout au long des deux mois de vacance qui précédèrent le retour de Lucas à Paris et la prise de son nouveau travail. Il avait fait un stage à la RATP et allait commencer sa période d'essai.

Leur dernière nuit ensemble fut chaude. Lucas ne voulut pas qu'ils débarrassent la table à la fin du repas. Il l'entraîna sur le lit, lui arracha sa chemise. Par transparence, il avait aperçu le duvet qui ornait son sexe. Il le voyait à présent sans le voile qui le couvrait, il tirait sur les poils, séparait les grandes lèvres, les pinçait. Éveline riait de le voir la désirer avec une ardeur si sauvage ; elle se laissa retourner sur le ventre, les genoux écartés, ramassés sous elle, et n'eut pas une plainte, pas une protestation quand, après avoir craché sur ses doigts, il les enfonça dans son petit trou.

Il lui mit d'abord son membre dur dans l'orifice vaginal pour le lubrifier, puis, le ressortant, il l'appuya contre l'anus souple.

Il la pénétra facilement. Quand son ventre adhéra aux fesses qui lui absorbaient le sexe entier, il se mit à la chevaucher avec rage, soufflant sur son dos, tirant sur ses cheveux blonds comme sur les rênes d'une monture. Il ahanait, elle soupirait, haletait. Il inonda de sperme son orifice anal ; elle jouit très fort et se laissa retomber, inerte, en nage, sur le drap.

Jamais sa femme n'avait consenti à ce qu'il la pénètre par là : elle trouvait que c'était sale.

Ils mirent du temps à reprendre leurs esprits.

Au cours de la nuit, il la prit encore, en levrette, par le sexe, cette fois. Au matin, au lieu de regagner sa maison, elle demeura avec lui. L'automne touchait à sa fin, les arbres étaient dépouillés de leur feuillage, le brouillard enveloppait le paysage environnant et les maisons des hommes ; les premiers froids sévissaient. Il n'y avait plus personne de passage, ou séjournant dans les chambres d'hôtes.

Elle l'aida à charger la voiture. Ce ne fut pas long : il n'avait qu'une valise et deux sacs.

Lucas conduisait un autobus de la ligne 61, qui assurait la liaison de la gare d'Austerlitz à l'église de

Pantin. Sa période d'essai devait durer trois mois. Si tout marchait bien, il serait embauché par la RATP de manière définitive. L'emploi convenait à son caractère : au volant de son véhicule, Lucas se sentait indépendant, responsable des voyageurs qu'il avait la tâche de conduire à destination. Il n'avait pas d'employeur, sur le dos, et du moment qu'il était respectueux des horaires et des consignes relatives aux trajets – détours pour cause de travaux, de manifestations, etc. – il n'avait aucun ennui à redouter.

Il avait commencé un lundi, c'est-à-dire le lendemain de son retour de vacances. Le véhicule se remplissait et se vidait ; aux arrêts, il vendait des tickets à ceux qui n'avaient pas de titre de transport. Lucas ne pouvait s'empêcher de penser que tous ces gens qui montaient, se pressaient dans le bus, en redescendaient quelques stations plus loin, il ne les reverrait plus, ou en tout cas, serait incapable de les reconnaître. Ça lui faisait quelque chose, alors même qu'ils ne lui étaient rien. C'était exactement comme lorsqu'il jetait autrefois une branche dans le courant de la Moselle : il la suivait des yeux jusqu'à ce qu'elle disparaisse, et là aussi, il éprouvait la tristesse du « jamais plus », du temps qui passe et ne revient pas.

Il sursauta : à la station Voltaire, une femme descendait du bus, il ne l'avait pas vue monter. C'était elle, Marthe, sa femme ! Bien sûr, c'était là qu'elle travaillait, comme secrétaire de direction, tout près de la place Léon-Blum !

Un homme l'attendait sur le trottoir, il l'enlaça, l'embrassa sur la bouche. Lucas cessa de respirer, son cœur se mit à battre avec violence, ses mains tremblaient. Il savait qu'elle avait un amant. D'abord, il s'en était douté, il l'avait questionnée, et à la fin, elle le lui avait dit, mais au fond de lui, il refusait d'y croire. À présent, c'était autre chose, il ne pouvait nier l'évidence, l'amant était là, sous ses yeux, bien réel.

Il la déshabilla en pensée, revit la sombre fourrure du bas-ventre, la chevelure d'ébène dont il jouait à couvrir ses seins nus…

Son service terminé, le soir, au terminus de Pantin, il resta un moment prostré, au volant de son véhicule, vidé de ses voyageurs. À quoi bon continuer à vivre ici ? Il avait tout perdu, épouse, foyer, travail. Il ne voyait plus ses anciens collègues ; d'ailleurs, à l'époque où il exerçait encore son emploi de technicien, ils n'échangeaient que des banalités.

Une idée le traversa : au lieu de conduire le bus au dépôt, rue Le-Brun, s'il prenait l'autoroute et filait vers Nancy, là où demeurait Èveline, où était sa maison ? Il éprouva soudain un grand désir d'elle ? Oui, il lui suffisait de mettre le moteur en marche, de foncer vers elle !

C'était de la pure folie, il en avait conscience ; ce n'était pas de cette façon-là qu'il fallait s'y prendre. Mais sa décision était prise : demain, il démissionnerait, puis il retournerait là-bas.

Il dirigea donc son véhicule vers le dépôt, comme il se devait.

Lucas avait fait le plein d'essence et il roulait à présent vers l'est. Cinq jours s'étaient écoulés depuis qu'il était revenu de V. Il avait hâte de retrouver Èveline. Elle avait les larmes aux yeux en le voyant partir, et lui s'éloignait, la mort dans l'âme.

Il retraversa le petit bois, sans s'y attarder. La nuit était tombée. Il s'immobilisa devant la maison d'Èveline. La fenêtre de sa chambre était éclairée. Dans le silence qui régnait, il siffla un petit air qu'ils aimaient tous deux et lança un gravier sur le volet entrouvert : c'était leur signal…

Paris l'été

Daniel Nguyen

La location saisonnière, c'est le plan du siècle ! J'habite dans un hôtel particulier, en plein cœur du Marais. Le problème avec les monuments historiques, c'est que l'entretien coûte la peau des fesses. Les fesses… J'aime les beaux culs. Ces demi-lunes, dont les seins sont comme le rappel onirique. La nature a bien fait les choses. Je m'égare… Ça fait un an que je pratique la location saisonnière de mon appart, le week-end, la semaine, ainsi que tout l'été. Avec un week-end, je paye ma traite du mois, et avec une semaine d'août, ma quote-part pour la toiture, ou pour la restauration de la porte cochère. Et puis, c'est parfois l'occasion de rencontres…

Cette fois, c'est une Américaine de Boston, très intello, grande rousse bien carrossée, la trentaine passée, avec des taches de rousseur sur les pommettes, des yeux verts. Un déhanché bizarre. Très classe avec sa valise à roulettes Vuitton, et ses talons hauts qui font un bruit d'enfer sur les pavés usés de la cour. Je ne peux pas la louper. Je n'ai pas pu m'empêcher de la laisser se dépêtrer toute seule, avant de me décider à la héler de la fenêtre de ma cuisine. Voilà, je lui monte sa valise. Son bagage pèse une tonne, et il y a quatre étages. C'est bien une intello. Dans l'escalier en pierre aux marches polies par les siècles, elle me dit qu'elle a fait histoire de l'art, qu'elle a ramené ses vieux bouquins d'étudiante. Son accent a conservé une pointe non dénuée de charme. Elle a passé un an à la Sorbonne quand elle avait vingt ans. Elle a eu une *love affair* avec un Parisien, me confie-t-elle alors que je crache mes poumons sur le palier. Elle enseigne à Boston. Paris lui manquait. Tour Eiffel, quartier Latin, Louvre, Orsay, Beaubourg… Elle a même entendu parler du Quai Branly… Son programme est aussi chargé que sa valise, que je dépose dans l'entrée.

Je lui fais faire la visite habituelle. Le long couloir dessert tout l'appartement. La cuisine, tout de suite à gauche, avec ses équipements dernier cri, dont la machine à laver séchante. Elle n'a pas l'air impressionnée. Elle m'a pourtant coûté cher, cette cuisine. Les toilettes séparées. Une évidence pour elle. La salle de bains en béton ciré et brossé. Elle apprécie, tout en regrettant qu'il manque une douche à l'italienne en plus de la baignoire ancienne. La vaste chambre avec sa literie digne d'un grand hôtel, les photos de Paris au mur. Elle note l'aménagement soigné, prend quelques photos pour faire bisquer les copines restées à Boston.

Enfin, le salon, organisé autour d'une table ronde années 70, les six sièges et tabourets assortis, la table basse suédoise, le canapé italien face au miroir vénitien. Ça fait toujours son petit effet, la vieille pierre, les volumes, le mobilier à la fois design et ancien. Elle va rester une semaine. Je lui montre la partie de penderie qui lui est réservée. Elle a l'air enchantée et ne cherche pas à renégocier le prix. L'expresso offert sur le canapé italien du salon achève de la ravir. Elle est à deux doigts de l'évanouissement.

Petite démonstration de l'électroménager de la cuisine : le programme express de la machine à laver, le petit lave-vaisselle, le minuteur du four à chaleur tournante, le micro-ondes, la machine à café. Elle a pris l'option panier gourmand : foie gras mi-cuit en bocal, bouteille de vin rouge, saucisson sec, plus la fameuse baguette Tradition ! Je lui relaisse mon numéro de portable, au cas où. Elle est tellement contente qu'elle me fait la bise quand je prends congé en disant « au revoir » avec son troublant accent bostonien. Je m'en retourne, dans l'autre cour, chez ma voisine. La dame en question a la bonté de m'héberger quand je loue mon appart, moyennant des concessions sexuelles que je lui accorde volontiers, mais à petites doses. Le soleil est radieux. Il est onze heures du matin. Les Parisiens sont partis sur la Côte d'Azur. Tout ce que j'aime…

À midi, je pars en balade le long de la Seine, histoire de profiter de la fraîcheur. J'aime flâner dans Paris, laisser mes pas me guider à l'instinct, puis me poser sur une terrasse bien orientée, écouter une conversation à ma droite, regarder les femmes qui passent en gloussant à ma gauche, me faire draguer parfois par ma voisine de table. En cette période, il y a essentiellement des touristes à Paris. Je suis attablé avec mon expresso sur une petite place tranquille près de Saint-Paul, étonné que l'Américaine n'ait pas encore appelé pour me demander comment on fait pour aller du Louvre à la tour Eiffel. C'est ce qui se passe, en général. Et puis, j'oublie. Je regarde des jambes qui traînent. Belles jambes… Des culs arrondis et fermes déambulent vers les quais. Une petite brise, à l'ombre du platane… Perdu dans mes rêveries, je goûte le temps qui passe. C'est si bon de ne rien faire au doux mois d'août.

Le téléphone sonne. C'est de chez moi, le fixe. Ça y est, ça commence, c'est elle. Je repense à son cul aussi haut perché que bien galbé. Elle me plaisait bien… C'est la machine à laver. J'ai beau tenter de lui expliquer comment enclencher le programme de séchage, elle me dit que ça ne fonctionne pas. Ça fait une heure qu'elle se débat avec cette foutue machine. Je règle ma consommation, pars la rejoindre d'urgence en me retenant de la traiter de cruche : c'est une cliente. Elle est plus affolée qu'en colère. « Pas besoin de stresser, c'est les vacances », lui ai-je pourtant dit. Mais bon, vu le prix qu'elle paie, elle est en droit d'attendre le service qui va avec. Je vais faire le plombier pédagogue. D'habitude, je demande à ma voisine de s'en occuper. Mais là, j'ai envie de revoir la croupe bostonienne. J'aime les culs, surtout quand ils ont de la tenue et qu'ils sont haut perchés.

Je tourne la clé. Il y a un drôle de bruit dans ma cuisine. Elle vocifère en anglais. Intérieurement, je ris. Pas si intello que ça, la rousse ! Elle ne m'a pas entendu entrer. Je savoure les insultes dont elle affuble ma machine à laver toute neuve. Une résonance curieuse, cependant. Elle a quand même pas la tête dans le tambour ? La curiosité me pique, je jette un œil par le chambranle de la porte. Quel cul ! Elle est à quatre pattes, le fessier à l'air, en petite culotte de dentelle blanche, la tête fourrée dans ma machine ! J'aurais dû me retenir, mais mon rire a été plus fort que moi.

Surprise, elle se retourne en manquant se cogner au hublot grand ouvert. Elle est en larmes. Son rimmel a coulé sur ses pommettes de rousse. Quel charme, tout de même ! Et son cul à l'air, et ses seins à peine voilés, et ses yeux verts qui appellent à l'aide. Bordel, je n'ai pas envie de résister. Tant pis si je perds une semaine de loyer, je vais me la faire avec sa tignasse bouclée de chienne en chaleur ! Je vais me la faire ! Elle va goûter de l'autochtone en rut !

Et son regard qui m'interpelle ! Au ralenti, sa tête, dans un flou artistique, replonge dans le tambour de la machine. À quatre pattes, elle attend que je… vidange la pompe ! Son cul immobile – en attente… C'est clair : cette fille fait tout ce qu'elle peut pour me provoquer. Et moi, qu'est-ce que j'attends ? J'observe la scène, j'arrête de rire. Je veux qu'elle s'en souvienne. Qu'elle se souvienne de son escapade parisienne.

Le goupillon pour nettoyer la vaisselle, accroché à la barre métallique à côté des casseroles, me saute aux yeux. Je ne saurais dire pourquoi. Ce n'est pas là qu'il devrait être, me semble-t-il. Mais où faut-il le fourrer ?

La chienne attend toujours. Elle m'espère, sans mot, sans voix. Je retire ma ceinture de cuir, la serre fermement à deux mains, la fais claquer bruyamment. La rousse sursaute, sa tête dans le tambour, ses mains agrippées au bord de la machine. J'attrape sa longue tignasse d'une main, sur sa nuque. Sa fesse goûte du cuir de la ceinture qui claque à nouveau. Elle ne crie pas. Elle se retient, me provoque encore davantage par son silence. Pas d'injure en anglais, juste un jappement étouffé… attente latente. Elle m'excite, la rousse, avec sa nuque tendue dans le tambour. Je tire sur ses cheveux. Elle résiste, se cabre. Sa cambrure toujours plus provocante me signale qu'elle en redemande. « Tu vas t'en souvenir, de tes vacances parisiennes », lui ai-je chuchoté à l'oreille. Aucune réaction. Je sais qu'elle a très bien compris, et qu'elle espère une suite.

Je lui baisse sa culotte à mi-cuisses. L'élastique est si tendu qu'il lui scie la chair. Elle aura des traces. J'aime ça, les traces de luxure. Avec la peau laiteuse qu'elle a, les marques resteront longtemps, comme des scarifications. Si j'étais photographe, je les immortaliserais. Lui arracher un premier cri de surprise, même étouffé dans le tambour en inox, pour commencer. Tant pis. Je lui mords la fesse droite, et mon index commence l'exploration de sa vulve déjà luisante au soleil qui pénètre dans la cuisine à travers la fenêtre grande ouverte. C'est beau… Elle suinte le désir à plein nez. Je la goûte avec ma langue, je la hume. Toujours aucun son. Je la masse à l'intérieur, deux doigts, puis trois, tout en la mordant plus fort, à pleines dents. Mes traces sur la fesse qui rougit à vue d'œil. Aucune plainte… Le ruissellement s'intensifie autour de mes doigts qui vont et viennent dedans. Elle mouille le carrelage ! Ma langue s'égare sur son fion, le petit trou plissé prend vie, réclame sa part. Elle aime… La flaque prend de l'ampleur. Des jets ! Enfin, elle se met à gueuler dans le tambour qui fait caisse de résonance. Pas assez fort encore, mais c'est un début. Bon début et bon débit. Je me sens à l'étroit dans mon jean, maintenant. Ses hanches accompagnent mes mouvements de doigts, de langue, de nez. Elle se fait à mes dents aiguisées. Elle aime ça, la chienne. Envie de la déchirer…

Le voisin d'en face a déclenché sa sono. Bashung, *Bleu Pétrole,* à fond dans la grande cour baignée du soleil ardent de la mi-journée. Aurait-il l'intention de masquer les cris de la rousse ? Il est photographe, et nous sommes pile-poil dans l'alignement de sa fenêtre. Un photographe fétichiste, à croire les bruits qui courent dans le bâtiment. Ça y est… Elle hurle, s'étrangle avec sa salive. La flaque s'étend par terre. En plus, elle est fontaine. Je suce son fion avant de me relever. Je m'empare du goupillon à laver la vaisselle, qui me fait de l'œil depuis tout à l'heure. Je crois que je sais où il faut le mettre.

« Fuck me, please… » me supplie-t-elle. « Fuck my pussy, please ! » Elle est prête. Je déboutonne mon jean, sors mon engin, avec le goupillon de marque Sundish à la main. Bref instant d'hésitation… Ma queue la pénètre, s'imprègne de son jus. Elle est brûlante. Elle me serre, puis me relâche à chaque râle. Je me penche dans son dos, mords dans sa chair à pleines dents. Elle crie à tue-tête, couvrant presque Bashung. *« Dans le silence ou dans le bruit…* » J'adore Bashung. Les crins durs du goupillon piquent sa cuisse. Je m'extrais, prends du recul. Son vagin brillant, grand ouvert… la tentation est trop forte. Elle a compris, elle écarte sa chatte devant moi. J'enfonce le goupillon vaisselle sans précaution. L'ustensile à poils durs disparaît dans une giclée impressionnante. Mon jean en est trempé. Je la fesse par réflexe, en réprimande. Elle crie, tente de sortir sa tête, mais je la maintiens en serrant sa nuque. Je masse, tourne le goupillon en elle. Elle gueule, braille à tue-tête, beugle… Elle va s'en souvenir, et ce n'est qu'un début. Son fion s'ouvre et se ferme. Il est en manque, et moi, je suis raide comme l'ébène. Un crachat bien placé. L'orifice s'ouvre et engloutit ma salive. Mon gland le force à peine. Son cul est si affamé ! La poignée du goupillon sur mes couilles. Un long beuglement. Bashung n'y peut plus rien. Elle s'affale sur le carrelage, et moi, je me déverse jusqu'à la lie. Nous nageons dans la mare de son jus. Il fait très chaud. Bashung revient…

Dans un dernier effort, je ferme le hublot de la machine, appuie sur le bouton. Ça se met en route. Elle fonctionne très bien, ma machine ! La garce, c'était bien un coup monté, j'en étais sûr ! Je libère son cul. Elle tressaille. *« Est-ce que vous en avez ? »* J'aime Bashung. La poignée du goupillon pointe vers le plafonnier. Elle est avachie. Je vais lui ménager une petite pause. Je retire délicatement l'instrument. Elle ne mouille plus. Son con doit être à vif, dedans, jusqu'au fond. Elle reste inerte. Seule sa respiration me rappelle qu'elle est bien vivante, baignant dans son jus.

Je nettoie l'objet aux longs poils drus sous le jet d'eau chaude… Sundish, bonne marque. 2,90 euros quand même, on n'a jamais rien sans rien.

*
* *

C'était devenu un rituel. Chaque jour, à l'heure du café, attablé à une terrasse, je recevais un coup de fil catastrophé. Une fois, une seule, elle s'est hasardée à m'insulter au téléphone en jouant à la cliente excédée. Ce jour-là, elle a eu droit à un traitement spécial, la tête dans la cuvette des toilettes, le goupillon dans le fion. Ce fion… Je lui ai même appris à le préparer toute seule, devant moi. Elle s'en souviendra toute sa vie. C'est ce qu'elle m'a dit le dernier jour. Moi aussi, je me souviendrai d'elle. Une touriste à part, avec un service spécial sans supplément. La clé de la fidélisation.

Une semaine de goupillon. À ce rythme, le pauvre a perdu pas mal de poils, et sa couleur a bien changé, jusqu'au manche en bois qui a pris une patine satinée. Une fois n'est pas coutume, j'ai accompagné ma touriste à l'aéroport. Immanquablement, lors du contrôle, elle a eu droit à des questions concernant le vieux goupillon qui traînait dans sa valise Vuitton au milieu de ses dessous chics. On a même failli le lui confisquer à son arrivée à Boston. Elle leur aurait parlé de *« souvenir sentimental »*. Ils auraient fermé les yeux.

*

*   *

Trois mois ont passé. La location marche bien. Depuis cette Américaine, d'autres sont venues. Il doit y avoir un bruit qui court là-bas, car plusieurs m'ont fait le coup de la panne de machine à laver. Quand elles me plaisent, j'accepte, mais je leur fais payer un supplément qu'elles acquittent volontiers. Ma voisine apprécie aussi. Ça lui a donné des idées. Et le photographe d'en face y trouve son compte aussi.

Hier, j'ai consulté ma page sur le site de l'agence. Elle a fait une demande pour une semaine à Noël. C'est drôle. Elle aurait pu me contacter directement. Elle aurait économisé la commission du site. Quand je lui ai posé la question par mail, elle m'a simplement répondu qu'elle exigeait le service spécial, comme si c'était une option. Je crois que ma réputation n'est plus à faire Outre-Atlantique. Je vais devoir racheter un goupillon.

Au cœur du bocage, une rivière

Octavie Delvaux

Août 2010

Françoise promène un regard circulaire sur la bibliothèque qui tapisse les murs de la pièce. Les étagères sont presque vides. Tous les livres auxquels elle tenait sont empilés dans les cartons qui jonchent le sol. Elle va regretter cette maison où ont grandi ses enfants. Mais à présent qu'ils ont tous quitté le nid, le lieu est devenu trop vaste pour elle et Didier. Elle ouvre un tiroir où sont entassés des dossiers, en tire un au hasard…

Elle avait oublié qu'elle l'avait rangée là. La photo. La seule qu'elle ait gardée de lui, sans doute parce que c'est la plus discrète. Il s'agit d'une coupure de presse. On le voit trinquer parmi une assemblée de collaborateurs. Revoir Paul, même sur papier glacé, la plonge dans une profonde nostalgie.

Elle se souvient de cet été, en Normandie, il y a quarante-cinq ans…

Août 1965

Dans les années soixante, avoir tout juste vingt ans et être fraîchement divorcée tenait de l'exception. Lorsque, par-dessus le marché, la jeune femme concernée était la cadette d'une famille bourgeoise de bonne moralité, le phénomène relevait du scandale. Les parents de Françoise étaient tombés des nues le jour où elle leur avait annoncé son intention de quitter Jean, le fils de paysans timide qu'elle avait épousé par caprice, trois ans auparavant – au grand dam de sa mère qui hurlait à la mésalliance.

Depuis toujours, Françoise était la brebis galeuse de la famille. Certes, elle était aimée, mais d'un amour résigné. Ses parents désespéraient de pouvoir jamais la dompter. Ils posaient sur elle un regard réprobateur qui lui faisait amèrement ressentir sa différence. Françoise ne ressemblait en rien aux jeunes filles modèles de sa famille. Sa précocité de corps et d'esprit, sa beauté fatale, ses yeux de braise, sa sensualité exacerbée, sa démarche chaloupée, l'arrogance de ses formes, l'insolence de sa crinière brune, ses impertinences, autant d'affirmations de sa liberté qui navraient ses parents. Ils avaient coutume de dire qu'ils s'attendaient à tout de sa part. Pourtant, son divorce, pour le coup, ils ne l'avaient pas vu venir.

Pour Françoise aussi, le divorce avait été un coup dur : elle redevenait une adolescente étroitement surveillée par ses parents, comme avant son mariage. Après un tel esclandre, il ne fallait pas s'attendre qu'on la laisse vivre en femme indépendante : sa mère l'avait tout de suite récupérée dans son giron.

Les vacances d'été en famille, dans la maison de Mareuil, faisaient partie du plan. Françoise n'avait pas osé s'y opposer…

À vrai dire, elle aimait cette demeure perdue dans le bocage normand, que ses parents avaient mis plusieurs années à restaurer. Sa mère, qui détestait l'eau, avait eu un coup de foudre pour cette baraque en ruines, dont la qualité principale était d'être éloignée de la mer. Perchée en haut d'une côte baignée de soleil d'où l'on pouvait contempler le paysage, la masure se résumait à un toit et quelques murs. Après plusieurs années de travaux, le taudis était devenu une maison tout confort, dont l'élégant parc arboré faisait la fierté de sa mère. De la terrasse qui donnait sur la rue, la famille installée dans le salon de jardin en fer forgé voyait passer les vaches qu'on menait au pré, et les agriculteurs toisant le monde du haut de leur tracteur crotté.

La rue se terminait en cul-de-sac, les visiteurs étaient rares, les vacanciers égarés encore plus.

Tout l'été, la famille, qui se résumait à papa, maman, Françoise, sa sœur aînée Thérèse, son beau-frère et ses deux nièces, se prélassait dans des chaises longues, profitant du soleil et de l'air chargé d'oxygène, un livre à peine entamé à la main. L'haleine de la brise sentait le foin et l'herbe coupée. Les roses du jardin embaumaient. Les clématites couraient sur les murs. Le soir, lorsque la nuit enveloppait le village endormi, l'humidité tombait vite, glaçant les os. Mais à ce désagrément succédait le bonheur de gagner la cuisine douillette qu'un feu de bois crépitant réchauffait. Les vacances, douces et légères, s'écoulaient au rythme de la terre et des bêtes. Cette vie oisive, faite de plaisirs simples et sensuels, convenait à Françoise.

Mais cette année-là, elle était fébrile.

Elle se souvient d'une journée en particulier…

Elle est toujours la dernière levée. Elle s'étire, regarde le réveil qui indique dix heures. Dehors, il doit faire grand jour. Les volets ne laissent pas pénétrer la lumière, mais il lui semble qu'elle peut entendre le soleil à travers les persiennes : les bruits de la famille déjeunant sur la terrasse, la conversation joyeuse, le rire des enfants, les petits pas sur les tomettes, les cliquetis de vaisselle, tout annonce une longue et belle journée d'été. Plongée dans la pénombre de sa chambre, Françoise considère la grosse armoire normande, la chaise en paille où trône encore sa poupée… Cette petite pièce prise en sandwich entre la chambre de ses parents et celle, plus vaste, où dort sa sœur, lui a toujours été assignée. C'est sa chambre de petite fille, le témoin de ses mutations adolescentes. Les murs résonnent encore de ses premiers émois, les draps frémissent de ses transports solitaires, et le lit vibre de ses ébats précoces, dès l'âge de quatorze ans, avec Jean.

Son ex-mari était le fils d'un fermier du village, son meilleur ami depuis qu'elle passait ses vacances à Mareuil. Aux jeux enfantins avaient succédé les attouchements, puis les demandes insistantes. Françoise s'était donnée sans arrière-pensée tant il lui semblait logique de goûter au fruit défendu avec Jean. La nuit, quand toute la maison dormait, elle le faisait entrer par la fenêtre de sa chambre, dont elle laissait les volets ouverts. Lui, tapi dans l'ombre, accourait quand elle faisait clignoter trois fois sa lampe de chevet. Que de nuits passées à réfréner leurs ardeurs, à étouffer leurs gémissements, à brider leurs déclarations par peur d'être découverts !

Même après le divorce déchirant, Françoise repense à ces moments avec émotion…

Elle s'enveloppe dans la robe de chambre en éponge, trop courte aux manches, qu'elle porte tous les étés depuis l'adolescence. Elle chemine pieds nus dans le couloir qui mène à la terrasse. Elle ouvre la porte, recule d'un pas : la clarté est saisissante. Ses yeux, habitués à l'obscurité de sa chambre, peinent à soutenir les rayons.

— Enfin, te voilà, marmotte !

Les petites filles s'accrochent à sa chemise de nuit, zézayent pour obtenir des bisous. Sur la table encore dressée, s'étalent les reliefs du petit déjeuner. Une odeur de café caresse ses narines. Sa mère lui en verse une tasse. Décidément, ces vacances, c'est le retour à l'enfance. Françoise soupçonne sa famille de l'entourer de prévenances pour inscrire son mariage dans une parenthèse honteuse. Elle est de nouveau l'enfant chérie.

Elle croque dans une grosse tranche de pain de campagne tartinée de beurre fermier. En la savourant, elle se délecte de la caresse brûlante du soleil sur sa peau. La lumière blanche, qui irradie son visage, son cou, ses mains, inonde le paysage. Le tableau est grandiose, le ciel si bleu, l'herbe si verte qu'on les croirait peints.

Françoise pourrait rester une éternité ici. Mais l'heure approche. Elle file faire sa toilette. La salle de bains sent la lavande. Elle se lave, enfile une robe en vichy rose, toute légère. Rien d'autre. Malgré l'insistance de sa mère, elle s'est toujours opposée aux porte-jarretelles et aux soutiens-gorge. Elle aime sentir ses seins et ses cuisses libres. Aujourd'hui, elle ne met même pas de culotte, mais ils n'en sauront rien. Elle glisse ses pieds dans des sabots, enfonce un grand chapeau de paille sur sa tête, cale une serviette de plage sous son bras, sort en catimini.

Papa, occupé à lire le journal sous la tonnelle, n'a rien remarqué. Thérèse surveille les filles qui jouent à la balançoire.

— Où vas-tu ? demande sa mère, surgie de nulle part.

— Me balader, prendre le soleil au lavoir.

— Sois de retour pour le déjeuner !

Cette fois, c'est raté pour la discrétion.

Françoise descend la rue à grandes enjambées.

L'impatience guide ses pas. Ses talons claquent sur l'asphalte. Les chiens des fermes qui jalonnent la route aboient sur son passage. Sa peau, brunie par le soleil, est réceptive à tous les stimuli. Elle entend avec acuité la nature s'égayer autour d'elle. Ses sens, exacerbés par la gaieté estivale, sont aux aguets. Arrivée au bout de la rue, elle emprunte le petit chemin de terre qui serpente le long de la rivière. Le lavoir, ou ce qu'il en reste, se profile devant elle, à une centaine de mètres. Elle coupe par le pré pour le plaisir de sentir les herbes hautes gratter ses mollets. Des moucherons, ensorcelés par son odeur, s'ébattent entre ses cuisses.

Ici, la lumière est plus aveuglante encore. La chaleur, qu'une brise tiède peine à atténuer, est étouffante. Le soleil au zénith donne tout son feu.

Elle est arrivée. La sueur, qui perle à son front, mouille le galon intérieur du chapeau de paille. Son cœur bat la chamade, ses membres flageolent sous l'effet de l'excitation. Elle se poste derrière le lavoir, en plein soleil, debout près du noisetier, le visage tourné vers le mur. C'est l'heure. Elle écarte les jambes, attend, les yeux fermés, étourdie. Le sang pulse contre les parois de son sexe que berce l'air chaud. Un froufrou d'herbe qu'on foule lui parvient. C'est lui. Il approche…

Ses oreilles sifflent. Ses joues empourprées sont bouillantes. Il est là, comme tous les jours, agenouillé derrière elle. Elle entend son souffle altéré par l'émotion. Le chant mélodieux de la rivière accompagne leurs retrouvailles. Françoise tressaille lorsqu'elle sent sa paume, douce comme la soie, effleurer sa cheville. Une onde voluptueuse court le long de sa jambe. La caresse remonte sur le mollet, s'immisce entre les cuisses.

— Tu es belle… tu es si belle… murmure-t-il.

La main délicate, qui se perd dans ses replis intimes, électrise son ventre. La démangeaison est insoutenable. Maintenant, les doigts agiles jouent avec ses lèvres bouffies, glissantes de mouille, pétries de désir. Puis ils trouvent le chemin de son clitoris gonflé d'impatience. L'index taquine la petite tête gluante, si sensible que le moindre contact provoque des picotements voluptueux dans tout le bassin. Il fait rouler son bouton sous ses doigts, à une cadence régulière, grisante d'efficacité. Ses caresses appuyées allument en elle un désir dévorant. Sa tête oscille sur ses épaules, elle serre les poings, avide d'en recevoir plus encore.

— Ta langue… dit-elle, ta langue, s'il te plaît !

Il ne se fait pas prier, ça non, parce que c'est ce qu'il préfère : lui bouffer la chatte, enfouir son nez vicieux dans son épais buisson de poils noirs, aspirer son con, se repaître de ses sucs. Et la faire jouir. Auprès de Paul, elle explose à en avoir des éclairs dans les yeux. C'est avec lui, ce monsieur bien élevé, cet amant plus âgé qu'elle de vingt ans, que Françoise a découvert le plaisir extraordinaire d'être dévorée, astiquée, nettoyée jusqu'à l'orgasme.

Pour lui elle a tout quitté : sa vie bien réglée, son mari. Personne n'en sait rien. Ils ignorent tous l'existence de Paul. Ils ignorent également que, désespérant d'être séparé d'elle pendant les vacances, son amant a loué une maison avec sa femme à quelques kilomètres de Mareuil, et que chaque jour, il trouve un prétexte pour la rejoindre au lavoir.

Elle se retourne, dos au mur, retrousse sa robe pour lui faciliter l'accès. Ses muqueuses échauffées bâillent, son clitoris palpite. Paul ne se fait pas attendre, il colle ses narines sur sa motte, s'enivre à grandes bouffées de ses effluves. Sa moustache se mêle à la toison brune. La lumière éblouissante accroît l'indécence de l'image. Il est torse nu, sa peau bronzée vibre sur ses muscles bandés.

Dès qu'il pose sa langue râpeuse sur son sexe, Françoise se tord de bonheur, traversée par des vagues de plaisir insensées. Il commence doucement, avec méthode. Ah, le rythme assassin de ses frictions ! Entre deux léchouilles appuyées, Paul titille son bouton, embrasse son sexe, aspire son clitoris. Il sait intercaler ces moments de répit entre deux embardées. Sa langue magnétique balance de gauche à droite, inlassable comme un métronome. Réceptif à son langage corporel, Paul devance toutes les attentes de Françoise. Les spasmes de son ventre, le roulis de ses hanches, ses gémissements, ses halètements sont autant d'indices pour la mener vers l'orgasme.

Lorsque sa langue n'y suffit plus, lorsque la jouissance s'annonce, lorsque le corps submergé de plaisir exige de plus fortes sensations, lorsqu'elle enfonce ses ongles tranchants dans la chair de ses épaules, il lui plonge deux doigts dans le sexe, la fouille, la perce, la tamponne avec une vigueur de marteau-piqueur. Un pouce remonte vers son anus, en caresse les fronces frémissantes, se glisse dans l'étroite cavité, demeure caché là, sans bouger. Léchée, pénétrée, frictionnée, ouverte, stimulée de part en part, Françoise entrevoit l'extase. L'explosion ne tient qu'à un fil. Soudain, elle lâche tout. La déflagration est inouïe. Son ventre, secoué de soubresauts, bondit comme si une bête féroce voulait en sortir. Elle hurle son plaisir, un plaisir si fort qu'il frôle la douleur. Paul sait ralentir la cadence au bon moment, pour que seule la volupté subsiste. Son instinct est remarquable. Françoise fond de bien-être, noyant Paul de son eau.

Lui, le visage luisant de mouille, sourit. Amoureux, il lèche ses sucs, embrasse encore et encore son sexe, mordille ses cuisses. Elle sent qu'il n'en a pas eu assez d'elle, il n'est toujours pas rassasié. Une pulsion lui commande de lui offrir une seconde jouissance. Sa vessie, malmenée par les attouchements, est prête à exploser. Elle pèse lourd entre ses jambes. L'envie est pressante. Qu'il serait libérateur de la soulager maintenant ! Sans plus hésiter, elle relâche ses muscles, asperge son amant toujours à ses pieds. Aux premières gouttes d'urine, le regard de Paul s'illumine d'une flamme nouvelle. Arrosé par le jet doré qui lui fait plisser les yeux, il rit, s'extasie, ravi. Il aime et veut tout d'elle. Le pipi gicle, l'inonde, dégouline sur son visage, son cou, sa poitrine. Il ouvre grand la bouche, avale à grandes gorgées passionnées.

— Branle-toi, mon amour, je veux que tu jouisses aussi, lui intime Françoise qui, transportée d'ivresse, ne contrôle plus son flot.

Et voilà qu'il ouvre sa braguette, saisit son manche raidi, s'astique frénétiquement. Quelques secondes suffisent : il jouit, déverse sa semence. Sur son torse maigre, le sperme se mêle à l'urine. Il est trempé, barbouillé, poisseux, mais heureux sous le splendide soleil.

Lorsque Françoise repense à Paul, elle se souvient toujours de cette journée-là. Elle revoit son sourire complice, son regard transi d'amour. Il lui semble entendre encore son rire enfantin, alors qu'il se rinçait à l'eau claire, les mollets immergés dans le bac du lavoir.

Ils se sont revus souvent par la suite, pendant des années, même après que Françoise a épousé Didier. Seule la mort précoce de Paul a mis fin à leurs rendez-vous clandestins. Ça fait longtemps maintenant, près de vingt-cinq ans, pourtant Françoise ressent encore sa présence fantomatique à ses côtés, comme ces amputés qui croient sentir la douleur dans le membre coupé. Une vague de mélancolie la gagne, ses yeux brûlent…

Françoise fixe la coupure de presse. Elle reconnaît son Paul : gai, rayonnant, drôle, débonnaire, tendant sa flûte de champagne vers l'objectif. En le retrouvant ainsi, comme il était, sa tristesse s'évanouit.

Elle rit de bon cœur en lisant pour la énième fois le titre de l'article, dont ils ont si souvent plaisanté ensemble :

« *Le PDG de Subcoptère ne fait pas la fine bouche.* »

Erreur de réservation

Tobin Williams

Loin des campings bruyants et des plages surpeuplées, c'est sur le parking d'un complexe vacancier que je gare mon véhicule. Niché au cœur d'une forêt, l'endroit m'a été chaudement recommandé par des amis. Un gigantesque dôme de verre perce la voûte feuillue des arbres. La chaleur est accablante, le tissu de mon débardeur me colle au dos à cause de la sueur. Le trajet a été long, je suis heureuse d'être parvenue à destination. J'éteins mon GPS, je sors de ma voiture me dégourdir les jambes. Je m'étire, puis j'avise une pancarte où est indiquée la direction de la réception. Mes vacances vont enfin pouvoir commencer !

À la réception, je suis accueillie par un homme charmant âgé d'une quarantaine d'années, arborant un badge doré où est inscrit son prénom : Antoine. Il me remet la clef du chalet que j'ai loué, ainsi qu'un plan détaillé du complexe.

L'idée de passer une semaine entière au milieu de la forêt avec tout le confort moderne, sans le bruit de la circulation, me réjouit. Je remercie le dénommé Antoine en le gratifiant de mon plus beau sourire, puis je quitte la réception, la clef du chalet dans une main, le plan du complexe dans l'autre.

L'endroit semble apaisant. J'ouvre la porte de mon habitation de vacances, et une agréable odeur de pin m'enivre. Je pénètre dans la pièce principale. Une porte donne accès à la chambre, une autre à la salle de bains. Le chalet est petit, mais fonctionnel. Je suis convaincue que je vais m'y sentir bien.

Pas plus d'une dizaine de minutes me sont nécessaires pour décharger mes bagages du coffre de la voiture. Et là, j'entends un véhicule se garer à côté de mon chalet. Il faut croire que je vais avoir des voisins durant mon séjour. J'espère que ce sont des gens calmes, car je suis venue pour me reposer.

À peine ai-je posé mes serviettes sur une étagère, ma brosse à dents sur le lavabo, la porte de mon chalet s'ouvre à la volée. Je retourne dans la pièce principale pour tomber nez à nez avec une jeune fille aussi surprise que moi ! Son corps longiligne est mis en valeur par un minishort et un chemisier à manches courtes noué sur la poitrine. Une longue chevelure aussi noire et brillante que de l'obsidienne polie tombe en cascade sur ses épaules. Elle bat des cils avant de me demander :

— Qui êtes-vous ?

— C'est plutôt à moi de vous poser cette question. Vous êtes dans mon chalet !

— Je vous prie de m'excuser. J'ai dû me tromper de porte. Je cherche le chalet 69.

Je saisis la clef de mon chalet. Les chiffres 6 et 9 sont gravés dans le porte-clefs de plastique vert. Je le montre à la jeune fille. Elle hausse les sourcils, sort une feuille de papier de son sac à main.

— Je ne comprends pas. J'ai un bon de réservation où il est fait mention du chalet numéro 69.

— Laissez-moi le temps de mettre la main sur mon propre bon de réservation, et je vous retrouve à la réception pour élucider le mystère.

Elle acquiesce, puis tourne les talons pour s'en aller d'un pas leste. Appuyée contre le bâti de la porte, je la regarde s'éloigner sans parvenir à détourner mes yeux de ses fesses à peine rebondies qu'épouse à merveille le tissu de son minishort. Lorsqu'elle disparaît au détour du chemin, je soupire. Pourquoi faut-il que ces choses-là n'arrivent qu'à moi ?

La jeune fille à la longue chevelure noire discute déjà avec Antoine quand je me présente à nouveau à la réception. La jeune fille se tourne vers moi, le rouge aux joues et les lèvres pincées.

— Nous avons bien enregistré une réservation pour la semaine au nom de Perrine Joly, explique Antoine.

— C'est moi ! j'affirme en levant la main.

— C'est de là que vient le problème, intervient la jeune fille. Moi aussi, je m'appelle Perrine Joly !

— En effet, confirme Antoine. Toutes les deux, vous avez réservé un chalet pour la même période. Malheureusement, nous avons commis l'erreur de vous considérer comme une seule et même personne.

— Cela ne vous a pas semblé étrange d'encaisser deux chèques pour la même réservation ? je demande.

Gêné, Antoine tire sur le col de sa chemise en bredouillant :

— La comptabilité se fait ailleurs qu'ici. Nous ne sommes pas toujours informés des anomalies qui apparaissent…

— Trouvez-nous un autre chalet, et l'affaire sera close.

Sur ces mots, je m'apprête à quitter la réception quand mon homonyme me lance :

— C'est la première chose que je lui ai demandée, mais là aussi, il y a un problème.

— Tous nos chalets sont occupés, reprend le réceptionniste de plus en plus mal à l'aise. Nous n'en avons plus un seul de disponible ! Si l'une d'entre vous désire mettre un terme à son séjour, nous lui rembourserons sa réservation.

— Je n'ai pas fait tout ce chemin pour retourner chez moi sitôt arrivée ! je m'exclame.

— Pareil pour moi, renchérit la jeune fille.

Antoine nous présente deux cartes plastifiées pourvues de longues sangles vertes. Il les pose devant nous en expliquant :

— Avec ces cartes, vous aurez accès gratuitement et de façon illimitée à toutes nos activités, ainsi qu'à notre service de restauration. Je vous prie de les accepter en guise de dédommagement.

— Cela me convient, répond la jeune fille en s'emparant d'une des cartes.

Je la regarde sans ciller, puis je hausse les épaules devant son sourire juvénile. Je soupire avant de consentir :

— Je n'avais pas envisagé de partager mon chalet avec quelqu'un, mais il semble que je n'ai pas le choix. Très bien, j'accepte la proposition.

— Tu es une redoutable négociatrice, me lance Perrine au moment où nous entrons dans notre chalet. Tu m'autorises à te tutoyer ? Nous allons être colocataires durant une semaine.

Je peux dire adieu à la tranquillité des vacances à laquelle j'aspire tant. Me voilà coincée avec une parfaite inconnue. Quelle est la probabilité pour que deux personnes portant le même nom et le même prénom réservent leurs vacances dans le même complexe à la même période ? Infinitésimale, j'imagine. Pourtant, il a fallu que ça tombe sur moi !

Perrine me tire de ma lamentation en déclarant :

— Allons dîner dans le restaurant du complexe, puisque c'est gratuit pour nous. Ce sera l'occasion de faire plus ample connaissance, non ?

— C'est pas parce que nous sommes contraintes de cohabiter que nous devons tout faire ensemble, dis-je en me laissant tomber dans l'un des canapés.

— As-tu déjà mangé ?

— Non.

— Connais-tu quelqu'un dans le complexe ?

— Non.

— As-tu vraiment envie de dîner seule ?

— Non, mais…

— Alors, c'est entendu, conclut la jeune fille sans me laisser le temps de répliquer. Je te laisse te préparer pendant que je décharge mes affaires de la voiture. Nous irons manger dans une heure.

Sans autre forme de préambule, elle tourne les talons et quitte le chalet en me laissant penaude. Quelle fille étrange ! Elle semble bien plus jeune que moi. J'ai l'impression qu'elle est à peine sortie de l'adolescence. Pourtant, quelque chose dans son regard me laisse supposer qu'elle a une grande expérience des choses de la vie. C'est une fille déstabilisante, qui mérite probablement que j'apprenne à mieux la connaître. De toute façon, je n'ai rien de mieux à faire pour la soirée. Une heure, ça me laisse largement le temps de prendre une douche !

Le chalet n'est pas équipé d'une cabine de douche. Un pommeau de douche est fixé au mur, au-dessus de la baignoire. Un rideau de plastique transparent est tiré devant, davantage pour éviter les éclaboussures que pour préserver une quelconque intimité. L'eau chaude tombe avec légèreté sur mon corps nu. J'ai volontairement réduit le débit pour profiter du moment. Pareilles à une pluie fine, les gouttelettes roulent sur ma peau, dégoulinent au creux de mes reins, filent le long de mes jambes. Ma main se promène allégrement sur mes seins pour faire mousser le savon. Mes muscles se détendent, mon esprit se vide.

Un vent frais s'engouffre par l'ouverture laissée entre le rideau et le mur de la salle de bains ! Mes tétons se dressent spontanément, tandis que je réalise que Perrine vient d'ouvrir la porte pour entrer dans la salle de bains sans se faire annoncer.

Je tente vainement de dissimuler l'opulence de ma poitrine en croisant les bras devant.

— Je suis simplement venue me brosser les dents, m'annonce Perrine.

Son aplomb me stupéfie. Je cligne plusieurs fois des yeux en l'observant à travers le rideau de plastique. Il va falloir que nous instaurions quelques règles pour que notre cohabitation forcée se déroule dans les meilleures conditions. Feignant de ne pas être troublée par sa présence, je lui tourne le dos pour lui présenter mes fesses. C'est un moindre mal : je refuse qu'elle devine mon embarras en voyant mon visage devenir écarlate. Je suis d'une nature pudique. Être surprise nue sous la douche me met mal à l'aise.

— Peut-être devrais-tu réserver une table avant qu'il n'y en ait plus une de libre ? je conseille d'une voix qui manque d'assurance. D'après le réceptionniste, le complexe est plein à craquer.

— C'est une bonne idée, consent Perrine avant de se rincer la bouche. J'enfile une tenue un peu plus habillée et j'y vais. Tu n'auras qu'à m'y rejoindre…

Sur ces mots, je m'attends presque à la voir se changer devant moi, mais il n'en est rien. Elle se contente de me lancer un regard avant de quitter la salle de bains. Toutefois, j'ai l'impression que son regard s'est attardé sur mon corps nu.

Le restaurant est situé sous le dôme de verre. J'embrasse la pièce d'un regard en constatant qu'une foule de clients est déjà rassemblée. Au fond de la salle, Perrine me fait de grands signes. Je me fraie un passage dans la foule pour la rejoindre. Elle est vêtue d'une jupe noire luisante comme du cuir verni et d'un chemisier de la même couleur brodé de motifs argentés. Les deux premiers boutons de son chemisier ne sont pas fermés et laissent apparaître le sillon de ses minuscules seins. Je m'oblige à la regarder dans les yeux sans baisser le regard. Soudain, Perrine me saisit par les épaules pour me faire la bise. Confrontée à ce geste de familiarité, je demeure interdite. Avec un sourire radieux, la jeune fille s'installe à la petite table pour deux personnes qu'elle nous a réservée.

Je l'imite avec un temps de retard, puis un serveur s'empresse de venir s'informer de nos désirs. Il dit s'appeler Éric et être à notre entière disposition pour la soirée. Il ne fait aucun doute que cet homme dans la fleur de l'âge a été informé de notre statut particulier au sein du complexe. C'est ainsi que débute notre dîner. Contre toute attente, celui-ci s'avère agréable. Les plats sont délicieux, et la conversation de mon homonyme n'est pas inintéressante. Aussi, j'apprends qu'elle étudie l'histoire dans une université située à l'autre bout du pays. Célibataire depuis moins d'un mois, elle est venue passer quelques jours dans ce complexe pour oublier sa rupture sentimentale. Poussée par ses révélations, je me répands sur ma vie privée. Nous rions et buvons allégrement. La musique que diffusent les haut-parleurs est douce. La lumière du jour déclinant à travers le dôme de verre plonge le restaurant dans une chaleureuse ambiance orangée. Je passe une bonne soirée.

Le serveur arrive avec nos desserts, mais j'ai tellement mangé que je ne peux plus rien avaler. Devinant mon embarras, Perrine me prend la main en me disant :

— Si tu n'as plus faim, demande à le faire emballer. Tu le mangeras demain au petit déjeuner.

Ses mots peinent à percer le brouillard de mon esprit : toute mon attention est portée sur ma main dans la sienne. Sa peau est douce. Je m'apprête à héler le serveur, quand un rire se fait entendre derrière moi.

Je me retourne sur ma chaise, arrachant ma main à l'emprise de Perrine. Un adolescent vêtu d'un bermuda et d'un T-shirt me lance un sourire graveleux. À côté de lui, se tient un second adolescent habillé d'un survêtement. Ils se poussent mutuellement du coude, et le premier s'exclame :

— Je t'avais bien dit qu'elles étaient lesbiennes !

— C'est vraiment dommage, se désole le second adolescent. Elles sont vraiment trop canons pour être lesbiennes. C'est du gâchis !

— Bonsoir les filles, nous lance le garçon en bermuda. Mon copain et moi, nous vous regardons depuis tout à l'heure. Nous sommes déçus de voir que vous êtes des lesbiennes, mais nous pourrions prendre un verre ensemble pour discuter. Qu'en pensez-vous ?

— Je ne suis pas lesbienne, m'écriai-je !

— Dans ce cas, vous ne verrez pas d'inconvénient à accepter notre invitation, insiste l'adolescent en bermuda.

Aussi loin que je me souvienne, je n'ai jamais supporté que quelqu'un me force la main. C'est d'autant plus vrai quand il s'agit d'un adolescent de dix ou quinze ans de moins que moi. Je le regarde avec dédain avant de me retourner vers mon dessert en déclarant :

— Nous ne sommes pas intéressées, nous aimerions terminer notre dîner tranquillement.

— Tu vois bien qu'elles sont lesbiennes, lance le garçon en survêtement à son ami. Elles ont beau dire le contraire, ça se voit comme le nez au milieu de la figure. Dommage !

Sur ces mots, il contourne notre table pour se positionner sur le côté, entre Perrine et moi. L'autre adolescent se déplace à l'identique de l'autre côté de la table. Nous sommes encadrées, et j'aperçois des regards curieux tournés vers nous. L'approche sans finesse des garçons attire l'attention des clients. Je n'apprécie pas de me donner en spectacle.

Je me pince les lèvres, tandis que le garçon au bermuda lance à Perrine :

— Cela ne vous manque pas d'avoir affaire à du gros matériel ?

Joignant le geste à la parole, l'adolescent se masse ostensiblement le sexe à travers la braguette. Je suis outrée, et le visage de mon homonyme devient écarlate sous l'effet d'une colère évidente. Elle se lève d'un bond, me prend la main pour m'obliger à me mettre debout. D'un ton cassant, elle s'écrie :

— Vous n'avez jamais vu de lesbiennes, les puceaux ! Dans ce cas, ouvrez bien vos yeux !

Avant même que je puisse réaliser ce qui se passe, Perrine passe son bras dans mon dos pour m'attirer vers elle. Je me retrouve contre son corps, les lèvres plaquées aux siennes. Sa langue s'enfonce dans ma bouche, je la laisse entrer sans opposer la moindre résistance. J'entends les adolescents glousser nerveusement. Perrine écarte son beau visage du mien pour me sourire tendrement, avant d'ajouter à l'attention des garçons :

— Vous en avez vu assez pour aujourd'hui.

Sans autre forme de préambule, Perrine me prend la main, me guide hors du restaurant sous les regards amusés des hommes, intrigués des femmes. Derrière nous, l'un des ados s'exclame :

— Attendez ! Ne partez pas ! C'était vraiment trop cool avec la langue !

Je suis tentée de me retourner pour l'insulter, mais cela gâcherait la leçon que vient de leur donner Perrine. Cette dernière éclate de rire, tandis que nous sortons du dôme de verre. Médusée, je la regarde quelques instants avant de dire :

— Tu es complètement folle !

— C'est possible, rétorque la jeune fille avec un sourire malicieux. Toujours est-il que ça en valait la peine, rien que pour voir la tête des deux nigauds.

Peu de temps nous est nécessaire pour regagner notre chalet. La nuit est déjà tombée, des étoiles scintillent dans les trouées de la voûte feuillue. Les allées de gravier dans la forêt sont éclairées par de petits piquets lumineux. Côte à côte, Perrine et moi marchons d'un pas soutenu en nous retournant de temps à autre pour vérifier que les deux adolescents ne nous suivent pas. Les contours de notre chalet ne tardent guère à se découper dans la nuit, lorsque je confie à la jeune fille :

— Sais-tu que tu es la première fille que j'embrasse ?

— Tu plaisantes, lâche-t-elle, incrédule ! Est-ce que ça t'a déplu ?

— Non, je réplique avec un peu trop d'enthousiasme à mon goût. Au contraire, tu embrasses merveilleusement. Je ne m'y attendais pas, j'ai juste été surprise. Est-ce que ça t'arrive souvent d'embrasser des filles ?

— Si l'occasion m'est donnée, je le fais à chaque coin de rue, plaisante Perrine. Ne serais-tu pas en train de me demander si je suis vraiment lesbienne ? N'aie pas peur, tu peux me le demander franchement.

Je déverrouille d'un tour de clef la porte de notre chalet. Je l'ouvre pour nous laisser entrer, tandis que Perrine reprend :

— Homme ou femme, ça m'est égal ! Tout ce qui m'importe, c'est d'éprouver du plaisir avec de belles personnes.

Cette révélation me fait rougir. Je prétexte de refermer la porte pour tourner le dos à Perrine. Une étrange langueur s'empare de mon bas-ventre, et mes mains se mettent à trembloter. Quand je me retourne, mon homonyme campe fermement devant moi, les mains posées sur les hanches. Elle plonge son regard dans le mien.

— Est-ce que ça te choque ?

— Pas du tout ! La route pour venir jusqu'au complexe a été longue, et le dîner a peut-être été un peu trop arrosé. Je suis juste fatiguée, mais certainement pas choquée.

— Tu as raison, il commence à se faire tard et nous avons toutes les deux besoin de sommeil.

C'est seulement à ce moment-là que je réalise l'erreur que Perrine et moi avons commise en acceptant l'offre d'Antoine.

— Il n'y a qu'un seul lit !

— Je l'ai remarqué pendant que tu te douchais. Toutefois, c'est un grand lit fait pour deux personnes et nous sommes entre filles. Est-ce que ça te dérange que nous dormions ensemble ? Si tel est le cas, je peux me coucher sur l'un des canapés. Cela sera moins confortable, mais je comprendrai.

— Ne sois pas bête ! dis-je malgré moi. Ça ne me dérange absolument pas.

Sur ces mots, Perrine et moi allons dans la salle de bains procéder à notre brossage de dents réglementaire. Elle m'informe qu'il lui reste un soin de peau à faire avant de se coucher. D'une certaine manière, cette annonce m'arrange. Ça me permet de me déshabiller dans la chambre, et de me glisser sous les draps sans être vue.

Quelques minutes plus tard, Perrine me rejoint dans la chambre, un peignoir noué autour de la taille. Elle contourne le grand lit en me souriant, puis s'immobilise sans dire un mot. Ses yeux brillent d'un mélange de malice. J'ai l'impression d'avoir affaire à une lycéenne. Ses lèvres s'entrouvrent, mais aucun son n'en sort. Perrine semble chercher ses mots avant de dire :

— Quand je songe à ces garçons, je me dis qu'ils doivent être déçus. Tu es vraiment très jolie, Perrine. Je pense qu'ils en auraient parlé longtemps de la bombe sexuelle baisée pendant leurs vacances !

— Merci, dis-je en estimant qu'il vaut mieux prendre cette déclaration pour un compliment. Mais je ne m'en fais pas pour ces malotrus. Je suis sûre qu'à l'heure actuelle, ils doivent se masturber dans les toilettes du complexe en se remémorant notre baiser.

— As-tu trouvé ça excitant ?

— Oui, j'avoue. C'était presque du viol !

Devant son air effaré, j'éclate de rire. Elle feint de me plaindre en minaudant :

— Ma pauvre petite victime...

Sur ces mots, elle dénoue la ceinture de son peignoir, qui s'entrouvre sur une peau laiteuse. D'un roulement d'épaules, elle fait tomber le vêtement à ses chevilles. Perrine m'apparaît dans la nudité la plus totale ! Ma gorge devient sèche. Je déglutis bruyamment pour l'humidifier.

Le corps de la jeune fille est mince, presque maigre. Sa poitrine est pour ainsi dire inexistante, et ses fesses légèrement rebondies. Que mon homonyme soit une adepte des régimes, cela ne m'étonnerait guère. Elle hausse un sourcil interrogateur en me regardant, puis m'explique :

— J'ai pour habitude de dormir nue, et comme je ne pensais pas partager mon chalet avec quelqu'un, je n'ai pas apporté de nuisette.

— Comme tu l'as dit tout à l'heure, nous sommes entre filles. Il n'y a pas de raison d'être gênées, nous sommes faites pareil.

— Pas tout à fait, précise Perrine en se touchant les mamelons du bout des doigts. Nous n'avons pas les mêmes formes. Tu es délicieusement plantureuse, alors que je suis désespérément longiligne.

— Cela ne t'empêche pas d'être très séduisante, dis-je pour la rassurer. J'ai bien vu comment les garçons te regardaient au restaurant. Tu leur as tapé dans l'œil.

— Peut-être, mais j'aimerais bien avoir une poitrine comme la tienne.

Elle écarte les draps en déclarant :

— Fais-moi voir comme elle est belle pour comparer !

Je tente de retenir les draps, mais je ne suis pas assez rapide. Je me retrouve simplement vêtue de ma lingerie sous le regard amusé de mon homonyme. D'un geste machinal, elle se passe la langue sur les lèvres avant de me dire :

— Dormir à côté de moi dans cette tenue est encore pire qu'être nue. C'est un véritable appel au viol.

— Euh… Non, ce n'est pas ce que tu crois, je réplique timidement, mais sincèrement. Moi aussi, je dors nue d'ordinaire. Cependant, je ne voulais pas te paraître impudique, alors j'ai gardé mes sous-vêtements. Voilà tout !

— Est-ce que tu me trouves impudique ?

— Non… peut-être… mais ça ne me dérange absolument pas.

— Ça ne me dérangerait pas davantage que tu te mettes également à l'aise, dit Perrine en lâchant les draps. Déshabille-toi sans crainte de heurter mes yeux prudes.

Je m'empresse de ramener les draps sous mon menton en la dévisageant, effarée. Mon cœur se met à battre la chamade, mes joues deviennent brûlantes de honte et de désir. Je détourne le regard en annonçant d'une voix faible :

— Je n'oserai jamais faire ça.

— Dans ce cas, veux-tu que je le fasse pour toi ? demande Perrine avec un sourire narquois.

Une fois de plus, ma gorge devient affreusement sèche. Je peux sentir mes tempes battre de chaque côté de la tête. C'est une chance que je sois déjà allongée : je ne suis pas certaine qu'autrement je pourrais garder l'équilibre. Plongée dans un mutisme d'inhibition, je me contente de hocher la tête. Visiblement ravie de ma réponse, c'est complètement nue que Perrine se glisse sous les draps. Elle s'avance vers moi. Ses lèvres se posent doucement sur les miennes, sa langue fouille amoureusement ma bouche. Je réponds à son baiser en l'imitant. Nos langues tournoient l'une autour de l'autre dans une profusion de salive. Les yeux fermés, je goûte pleinement à son excitante tendresse. Sa main me caresse délicatement la joue. Ma raison m'ordonne de mettre immédiatement un terme à cette situation, mais mon corps refuse de lui obéir. Un frisson remonte le long de ma colonne vertébrale, ma peau se couvre d'une délicieuse chair de poule.

Notre baiser passionné se prolonge, pendant que les doigts de Perrine effleurent l'intérieur de mes cuisses. Ce contact léger fait naître dans mon bas-ventre une onde de plaisir qui vient mourir dans ma gorge. Perrine prend appui sur un coude, se déplace sans décoller ses lèvres des miennes. Elle s'allonge sur moi, écrasant sa poitrine menue contre l'opulence de la mienne. Nos jambes se frottent amoureusement, se caressent langoureusement. L'une de ses mains parcourt mon corps de ma clavicule à ma hanche. Les battements de mon cœur deviennent assourdissants quand ses doigts approchent lentement de mon intimité déjà humide. Que je le veuille ou non, force est d'admettre qu'à cet instant, j'appartiens à Perrine. Je suis à sa merci, elle dispose de mon corps à sa guise.

S'arrachant à notre étreinte, la jeune fille relève la tête pour me regarder avec envie. D'une voix haletante, elle me demande :

— C'est ta première fois avec une fille, n'est-ce pas ?

Je me contente d'acquiescer, elle me caresse doucement les cheveux en ajoutant :

— Tu ne dois pas avoir peur, ma chérie. Je vais prendre soin de toi.

Sur ces mots, elle se redresse à quatre pattes au-dessus de moi. Sa bouche revient m'embrasser, puis ses mains passent entre mon dos et le matelas pour défaire l'agrafe de mon soutien-gorge. Avec dextérité, Perrine fait passer la pièce de lingerie au-dessus de mes seins, puis libère mes bras. Ma poitrine est mise à nu, je sens mes tétons devenir aussi durs que de la pierre.

La jeune fille s'empare d'un de mes seins pour le malaxer à pleine main. Ses lèvres quittent les miennes pour glisser jusqu'à mon cou qu'elles couvrent de baisers. Sa bouche descend encore pour venir suçoter chacun de mes tétons. Ma respiration devient saccadée, mes doigts se crispent dans la longue chevelure d'ébène de mon homonyme. Ses mains courent sur mon ventre plat, dessinent des arabesques autour de mon nombril. Ses doigts caressent les bords de mon string sans jamais passer dessous, puis reviennent vers mon ventre. Ça me rend folle. J'ai envie qu'elle me fasse jouir. J'en ai besoin. Mon bassin se met à onduler doucement, mes jambes s'écartent.

Perrine recule davantage, laissant ses cheveux soyeux caresser ma poitrine et mon ventre. Ses mains approchent inexorablement de mon sous-vêtement, mais avant d'y toucher, la jeune fille relève la tête pour me sourire. J'ai l'impression qu'elle cherche mon approbation pour aller plus loin. Je la lui donne en lui retournant son sourire. Ses doigts glissent aussitôt sous l'élastique de mon string, et je gémis alors qu'elle me retire mon dernier vêtement. Je suis désormais aussi nue qu'elle. Comme les pinceaux d'un peintre, les doigts de Perrine redessinent les contours de ma vulve. Elle frôle les grandes lèvres roses de mon sexe, puis repart aussitôt vers mon aine. Elle me fait languir de plaisir !

Sa bouche m'embrasse les hanches, puis descend jusqu'à l'intérieur de mes cuisses qu'elle mordille doucement. Je me mords les lèvres en trépignant d'impatience, pendant que Perrine revient vers mon nombril pour faire tournoyer sa langue agile.

Je n'en peux plus de cette attente. Dans un geste spontané, je lui saisis la tête à deux mains pour la plaquer contre mon intimité brûlante de désir. Sa langue s'insinue nerveusement dans ma fente baveuse, je gémis longuement. Ses mains s'accrochent à mes hanches, pendant qu'elle me lèche avec appétit. Elle lape mon bouton d'amour à petits coups de langue rapides. Ça provoque en moi des décharges de plaisir incontrôlables. Sous sa langue affairée à brouiller mes esprits, l'un de ses doigts s'enfonce délicatement dans mon vagin. Elle entreprend un mouvement de va-et-vient dans un bruit de suintement humide. Une explosion de sensations prend naissance dans mon bas-ventre pour se propager à l'ensemble de mon corps.

L'orgasme me foudroie par vagues successives, me fait trembler de la tête aux pieds. Je suis incapable de m'empêcher de hurler ma jouissance, mes cris doivent s'entendre au-delà des murs du chalet.

Perrine revient sur moi pour m'embrasser à pleine bouche. Sa langue et ses lèvres sont imprégnées de mon jus d'amour, cette saveur enflamme mes sens. Je suis avide du désir de poursuivre nos ébats. La jeune fille me laisse quelques secondes pour retrouver mon souffle, puis se déplace sous les draps pour se mettre à quatre pattes au-dessus de moi en me présentant ses fesses. À la différence du mien, son sexe n'est pas entièrement lisse. Un triangle de poils noirs et frisés est savamment taillé pour surmonter avec élégance la fente de son intimité. Ma bouche s'en trouve séparée de quelques centimètres seulement. J'approche timidement ma langue, ignorant quelle est la meilleure manière de s'y prendre. Pour la première fois de ma vie, je vais lécher une femme !

Ma langue parvient aisément à décoller les grandes lèvres du sexe de Perrine, puis s'enfonce dans sa fente. Mes mains lui caressent les fesses, pendant que ma langue remonte de son bouton d'amour à son périnée. D'abord maladroite, je m'enhardis au rythme des soupirs que pousse Perrine. Son jus d'amour est de plus en plus abondant à chacun de mes coups de langue, ce qui me laisse supposer que je ne me débrouille pas trop mal. Toutefois, je dois me concentrer pour m'appliquer sur le sexe offert : les sensations qu'éprouve le mien ne cessent de me dissiper. Perrine le lèche goulûment, l'aspire dans sa bouche. Sa langue semble être partout à la fois, ça me rend folle !

Ma langue s'enfonce aussi loin que possible dans son puits d'amour, s'y agite. Le parfum délicat qui s'en échappe enivre mes sens. Je pousse ma langue à son paroxysme, mon nez s'écrase contre l'anus de Perrine. Aussitôt, mes mains lui écartent délicatement les fesses. Je les malaxe en reprenant mes coups de langue sur son bouton d'amour. La jeune fille m'enfonce à nouveau un doigt dans le vagin, je sens l'orgasme poindre en moi. Ma langue devient hystérique, je la lèche avec frénésie. Ses gémissements sont plus rapprochés, plus puissants. Prise d'une idée soudaine, je pose mon index sur son anus pour décrire de petits cercles. Son orifice anal semble se détendre sous la légère pression que j'exerce.

Le doigt de Perrine me pilonne le sexe à un rythme qu'il ne m'est plus possible de soutenir. Une intense jouissance s'empare de moi, je feule de plaisir. Mes doigts se crispent sur les fesses de la jeune fille, je ne réalise que trop tard que j'enfonce sans ménagement mon index dans son anus. Cette intrusion aussi soudaine qu'involontaire parvient à abattre toutes les résistances de Perrine, elle jouit à son tour, longuement et bruyamment. Ma langue glissée dans son sexe, mon doigt coincé dans son anus, elle s'affale sur moi, haletante.

Quelques instants lui sont nécessaires pour reprendre son souffle avant qu'elle vienne s'allonger à côté de moi. Elle me lance d'une voix rauque :

— As-tu aimé ça autant que moi, ma chérie ?

Je rougis en hochant la tête, tandis qu'elle plaque sa bouche contre la mienne dans une nouvelle étreinte passionnée. Je ferme les yeux en cherchant à tâtons un interrupteur au-dessus de ma tête. Quand j'éteins la lumière, Perrine se love amoureusement dans mes bras, puis me confie :

— Je ne veux pas que tu te fasses de fausses idées sur moi. Je n'ai pas pour habitude de coucher avec la première fille qui habite avec moi par erreur.

Nous rions à l'unisson, ses cheveux caressent mon nez avec légèreté. Sur le même ton jovial, je renchéris :

— Et moi, je n'ai pas pour habitude de coucher avec une fille. Tout simplement.

— Est-ce que tu regrettes cette première expérience ?

— Ce que je regrette, c'est de n'avoir réservé qu'une seule semaine dans ce complexe.

— Il nous reste encore six jours et cinq nuits, déclare Perrine en se blottissant davantage contre moi. Nous avons assez de temps.

— À quoi penses-tu ?

— Aux deux adolescents, répond mon homonyme. Au réceptionniste et au serveur aussi.

— Tu n'as tout de même pas l'intention de…

Je réfléchis avant d'ajouter :

— Nous sommes en vacances, après tout. Pourquoi pas ?

Uzerche

Loïc Lecanu

Près de quarante minutes de voiture pour rallier Pompadour à Uzerche, et attraper le train de 14 h 27 pour Paris. Arrivé à Uzerche à 14 h 25. Finalement, je suis large, j'ai deux minutes. Je saute dans mon TGV. Parfait, je serai à l'heure chez moi ce soir.

Il fait une chaleur étouffante, ce 13 juin. Même la clim n'arrive pas à lutter.

Je suis en bout de wagon, à une place isolée. Walkman sur les oreilles, Morphée me tend les bras, je me sens bien parti pour céder à l'appel.

De l'autre côté de la rangée, une jeune fille. Elle ne doit pas avoir plus de vingt ans. Elle est jolie dans son petit débardeur. Je ne peux m'empêcher de la regarder plus ou moins discrètement – avec la discrétion qui me caractérise…

Le train démarre. Peut-être qu'elle me rejoindra en rêve.

Les portes coulissantes s'ouvrent, laissant débouler un ersatz de militaire en fin de carrière.

Il décide de s'installer entre la nymphe et moi, brisant toute possibilité d'idylle onirique. Tant pis, je me résigne. De toute façon, ça n'existe que dans les films, les rencontres magiques.

Mais très vite, le bougre devient lourd. Très lourd même. Il invective, il se répand… et me plonge du rêve au cauchemar. Le trajet va être long. Et nous n'avons même pas encore quitté la gare.

Notre ami d'un jour se lève. Certainement, le besoin d'aller expulser sa bière, histoire de libérer de la place pour la suivante…

Immédiatement, la mignonne tend sa frimousse vers moi :

— Vous ne voulez pas vous installer à côté de moi ? Il me fait peur, lui…

Situation à la fois espérée et redoutée. C'est que moi, les paras en fin de carrière, j'aime moyen… On a sa lâcheté, tout de même. À peine le temps de bredouiller un début de réponse, voilà notre Nick Nolte sous 8,6 de retour. J'ai une seconde pour improviser – ou m'écraser à jamais. L'outre s'assied. J'ose :

— Excusez-moi, monsieur, mais est-ce qu'il vous serait possible d'échanger nos places ? J'aimerais voyager avec ma petite amie.

Je suis scotché par la phrase qui vient de sortir de ma bouche. L'alcool rend aveugle, mais peut-être pas con. Nick n'est pas dupe. Pas complètement :

— Quoi, ta petite amie ? Qu'est-ce que c'est, cette embrouille ? Pourquoi vous voyagez pas ensemble alors, dans ce cas ?

La situation se complique. Plus moyen de reculer, sinon les choses risquent de devenir complexes à gérer. C'est le moment que choisit la belle pour intervenir :

— C'est parce que nous n'avons pas pris nos billets au même moment. Nous n'avons pas de places côte à côte. S'il vous plaît, monsieur, nous souhaiterions vraiment voyager ensemble…

Le para grommelle. Il n'a pas abattu toutes ses cartes :

— Bon, c'est OK. Mais pour me prouver que vous êtes ensemble, vous allez vous embrasser devant moi.

L'assistance, autour de nous, qui n'a pas perdu une miette du démarrage en fanfare, semble médusée par notre psychodrame en temps réel.

Moi, je ne peux réprimer le sourire qui se dessine sur mes lèvres. Pris à notre propre piège, nous ne pouvons que nous exécuter. Je me lève, me penche sur ma belle d'un jour pour lui adresser sur les lèvres un baiser timide. Le rouge gagne ses joues, en même temps qu'une moue amusée.

La poche à vin s'insurge :

— Qu'est-ce que c'est, ça ? Un vrai baiser. Pas ce truc de naze.

Cette fois, c'est elle qui prend les devants, j'ai droit au vrai baiser de cinéma. Le temps semble se suspendre. Nos bouches jouent l'une avec l'autre. Nos langues se chamaillent. Sa main frôle mes cuisses, remonte le long de mon torse.

D'abord timide, je cède à l'invitation, me décide

à lui caresser la nuque, puis à redescendre le long de son dos, que je contourne en direction de sa poitrine. La scène est absolument irréelle. Nos voisins de wagon sont bouche bée. Le légionnaire en a eu pour son grade de sergent. Sans repasser par la case départ, il se dirige vers le wagon-bar. Assommé.

Je rajuste ma cravate, m'assieds sur le siège laissé vacant.

— Bonjour, je m'appelle Gabriel. Je suppose que cette place est libre.

Elle me sourit.

— Enchantée. Moi, c'est Pauline.

Nous ne revenons pas sur les rocambolesques conditions de la rencontre, et immédiatement, une tendre complicité s'installe entre Pauline et moi. Je me sers des magazines féminins aux titres évocateurs pour lancer la conversation. « Quelle garce êtes-vous ? » « Quelle est votre compatibilité sexuelle ? » « Est-il vraiment un bon coup ? » En cas de timidité, *Glamour, 20 ans* et consorts aident à briser la glace. Nous nous décidons à faire le test de fin de magazine, destiné à évaluer si, en amour comme dans la vie, nous sommes vraiment faits l'un pour l'autre. Nos réponses témoignent vite d'une étonnante compatibilité. Mais plus encore, le jeu est prétexte aux digressions et aux confidences...

Pauline rentre de vacances. Elle a passé quinze jours chez ses grands-parents à s'ennuyer, et selon ses dires, à regarder le temps passer. Pauline repasse par Paris avant de filer dans l'ouest de la France pour flâner au bord de la piscine dans une maison d'amis.

J'apprends ainsi que Pauline a dix-neuf ans, qu'elle est en première année à l'université, où elle se destine à des études de médecine.

Pauline me dit qu'elle vient d'un milieu plutôt bourgeois, qu'elle est l'aînée de deux sœurs, mais que la plus jeune ne lui ressemble pas.

Elle me confie avoir passé ses premières années de scolarité dans un établissement de jeunes filles… elle a longtemps cru avoir des penchants homosexuels… elle a d'ailleurs découvert la sensualité avec ses copines de chambrée… Elle m'avoue aussi qu'elle est maintenant avec son premier petit ami, un étudiant parisien qu'elle va justement retrouver pour le week-end avant de repartir, et qu'elle a parfois du mal à gérer la relation à distance.

Elle aussi me questionne. Je lui avoue que je vis en concubinage depuis plusieurs mois, que la vie de couple est pour moi une vraie révolution, que l'habitude peut elle aussi être très sexy…

Nos tests féminins glissent du côté rose de la force quand la question des sex-toys est évoquée. Pauline en possède plusieurs, qui ne la quittent quasiment jamais. Même pour ce week-end amoureux, elle n'a pu s'en séparer. Elle m'explique qu'elle n'arrive pas à atteindre le plaisir seule sans ses jouets, que les filles de sa génération savent à peine se masturber.

Je rigole, mais j'ai du mal à masquer une excitation croissante. J'ai le bas du ventre qui enfle, avec cette tendre chaleur qui irradie mon corps. Pauline joue avec moi, et en retour, je tente de multiplier les contacts physiques. Je lui prends la main, lui remets sa petite mèche rousse en place, laisse traîner un doigt le long de sa nuque…

À plusieurs reprises, nos regards se croisent. D'abord, nous nous détournons, gênés. Puis, peu à peu, nous nous attardons, faisant perdurer les instants de trouble consenti.

Dehors, la nuit est tombée. Inexorablement, nous approchons de Paris.

Pauline me parle, m'enivre de paroles. Je suis saoul de ses mots, et j'aime ça. J'aime le mouvement de ses lèvres, sa manière de faire claquer sa langue quand elle cherche ses mots. Dans la pénombre, le monde n'existe plus. Il n'y a plus que nous.

C'est l'instant que choisit la belle pour se pencher vers moi, me susurrer ces mots insensés : « Je vais aux toilettes. Si tu veux, tu me rejoins dans deux minutes. C'est comme tu veux… », avant de me déposer un tendre baiser sur les lèvres.

Deux minutes, ça peut parfois être très long. Mais une seconde aura suffi à me décider. Un coup d'œil dans la vitre, je rajuste une nouvelle fois mon nœud de cravate, puis me lève. Durant les quelques mètres qui me séparent des toilettes, mes jambes, qui flageolent, ne semblent plus vouloir me porter.

Toc-toc-toc. La porte s'entrouvre. Je rentre.

Sans dire un mot, nous nous embrassons comme si nos vies en dépendaient. Sa main tire ma cravate, avant de descendre le long de mon ventre. En quelques secondes, elle a déboutonné mon pantalon, et se met à me masturber. Ma queue est prête à exploser. Sa main s'agite violemment, me presse les couilles qui deviennent toutes dures. Ne pas jouir est une torture.

Pour gagner du temps, reprendre le contrôle des opérations, je fais tomber son débardeur, dévoilant ainsi sa poitrine menue, toute tendue vers moi. Ses mamelons durcissent sous les coups taquins de ma langue. Je plonge ma tête entre ses petits seins, ma langue aguiche, mes lèvres tètent. Elle plonge ses mains dans mes cheveux comme pour s'agripper, me tire la tête en arrière, avant de me replonger plus violemment encore au cœur de sa poitrine.

Ma main descend le long de son Levi's, dont les boutons-pressions cèdent sans problème. Je m'introduis dans sa culotte trempée. Je lui glisse un doigt, puis deux, pendant qu'elle continue à agiter mon sexe au bord de la rupture. Mes doigts pénètrent sa chatte sans la moindre difficulté. Si ce n'était la position inadéquate, je serais tenté de la pénétrer avec ma main entière. J'écarte ses lèvres, afin de faciliter l'accès au clitoris. Sa minette rasée dévoilant une fente accueillante me fait penser au sexe d'une gentille écolière, ou à celui d'une actrice porno californienne.

La mouille me dégouline sur les mains, et je ne peux résister à l'envie de lui faire lécher la cyprine qui se répand maintenant jusqu'à mon poignet. Je lui insère ainsi un doigt, puis deux dans la bouche, et elle lèche assidûment.

L'espace exigu de la cabine de toilette est saturé : une odeur de sexe âcre et de sueurs mêlées renforce notre excitation. Le train pourrait dérailler, nous ne nous arrêterions pas pour autant.

Pauline s'assied sur le rebord du lavabo, cuisses ouvertes. Je m'apprête à m'introduire en elle, quand elle murmure : « Non, pas comme ça. Encule-moi ! Je veux que tu me prennes par le cul… »

Il me faut quelques secondes pour réaliser la proposition. S'ensuit un des plus merveilleux instants de sodomie de l'histoire du sexe. Pauline se tient debout face au miroir. Je suis collé au creux de ses reins. Accroupi derrière elle, j'entreprends de lui lécher tendrement l'anus du bout de ma langue. Mes mains posées sur ses fesses, je lui écarte le cul, dévoilant ses replis les plus secrets. Son petit trou est tout rose, il sent bon, il m'excite terriblement. Je lui glisse un doigt dans l'anus, avant d'entamer un va-et-vient. Son cul s'ouvre… l'orifice se dilate. Elle m'attrape la main pour bien me montrer qu'elle en veut plus. C'est donc un deuxième doigt, puis un troisième qui glissent au fond de son cul.

Moi, accroupi, je suis contraint d'arrêter de me branler pour ne pas jouir avant même d'avoir commencé à pénétrer. Ses doigts se joignent aux miens, elle décide elle-même de s'introduire l'index dans l'anus, ce qui fait que ce sont maintenant quatre doigts qui vont et viennent. Je n'en peux plus, je me lève, me décide enfin à l'enculer. Je pénètre son paradis le plus intime. Mes mains s'accrochent à ses seins. Je m'enfonce profond, regardant ma queue entrer et sortir de son cul. Je sens mon gland pénétrer ses entrailles. Je crois mourir. Le plaisir se fait trop fort, je jouis en elle. J'étouffe un râle d'agonie en déversant le flot de mon foutre. Je me retire.

Son anus se referme, faisant mousser les quelques gouttes de sperme restées à la surface. Elle rigole, récupère un peu de ma semence sur le bout des doigts. Elle me demande de lécher. Je m'exécute du bout de la langue, avant qu'elle engouffre avidement une pleine lampée de ma substance. Nous restons là, figés et enlacés, pendant de longues secondes. Puis nous nous rhabillons. Cette fois, je ne prends pas le temps d'ajuster ma cravate.

Revenus à nos places, nous passons le reste du voyage, la tête de Pauline sur mon épaule, ma main sur sa cuisse, sans dire un mot.

Nos yeux se perdent dans le paysage de nuit. Peu à peu, les premières lumières font leur apparition. Nous sommes en Île-de-France. Nous arrivons à Paris.

— On n'échange pas nos numéros de téléphone.

— Non…

Ce seront nos dernières paroles. Avant d'échanger, quand même, un ultime baiser…

Vacances dans la téci

Rachid Bouchiba

Chaque année, c'est la même chose. Les grandes vacances vident la cité – nous, on dit la « téci » – pendant deux mois. Tout le monde retourne au bled, voiture chargée. Il ne reste plus que des fantômes. Tout résonne dans les allées qui séparent les blocs des HLM. Le vide et le silence, les cris ou les pas portent bizarrement.

Nous, cette année, on ne part pas. Mon père n'est pas bien. Je ne sais pas ce qu'il a. Il reste de plus en plus souvent allongé. Inutile d'en parler, c'est la loi du silence à la maison. De toute façon, l'interminable voyage en voiture vers le Sud me saoule. Je préfère rester ici. Les trois quarts des copains sont partis, mais quand on a seize ans, on a toujours de quoi s'occuper. J'ai l'habitude depuis que je suis tout petit. Et Abdel reste aussi. C'est lui qui a dit à ses parents qu'il ne voulait pas partir. Comme il y a son frère avec lui, ils vont rester à deux.

Il y a une autre raison qui fait que ça ne me dérange pas de rester dans la téci. Elle s'appelle

Aïcha. Elle a dix-sept ans, c'est la princesse du quartier. Une princesse un peu pute, en fait. On ne sait pas très bien faire la part entre la réalité et la rumeur. Mais une chose est sûre : tous les garçons ont la queue qui gonfle quand elle passe.

La sensualité des autres filles est masquée par le voile, la sienne explose dans les tenues qu'elle porte : pantalons ultramoulants, débardeurs trop petits, robes courtes. Et elle est hissée sur des talons de dix centimètres, et améliorée par maquillage et parfum.

Quand je suis rentré du lycée, le vendredi de la sortie des classes, Aïcha était installée en bas, sur les escaliers. Elle fumait, l'air indifférent. Scolarisée dans un lycée pro, un peu plus bas dans la ville, elle préparait un diplôme de coiffure. Ce jour-là, elle portait une robe noire très courte, avec un collant, des bottes de cuir noir plissées à talons aiguilles. Nos regards se sont rencontrés. Elle s'est contentée d'ouvrir les cuisses, comme une invitation. Pour me faire comprendre ce que je manquais, en me laissant entrevoir un sexe rasé, nu sous son collant. La situation devait l'exciter, car d'entièrement close qu'elle était, sa rose s'est ouverte d'un coup… les lèvres jaillissant, gorgées de sang, comme par une opération magique. Son regard et son attitude me disaient qu'elle était prête à se donner à moi. En même temps, ça me surprenait. Je ne me sentais pas spécialement attirant, même si je savais bien que je plaisais à certaines filles, mais ça me paraissait suspect que l'une des plus sensuelles du quartier puisse s'intéresser à moi.

Ça faisait quinze jours maintenant qu'on se tournait autour. La chaleur de ce début d'été, qui dévorait les tours et faisait ruisseler l'asphalte, trouvait un écho dans le comportement de ceux qui étaient restés. Le sexe était la seule distraction dont nous pouvions disposer, qui ravivait la couleur délavée des barres de béton. Ce qui nous encourageait à nous laisser aller, c'était cette évidence que nous étions peu nombreux, qu'il n'y avait plus le regard des autres.

Je retrouvais Aïcha sur mon chemin, comme par hasard, quand je sortais, que j'allais faire une promenade ou des courses. Ça ne m'avait jamais laissé indifférent, de la voir, mais c'était encore pire à présent : il y avait ce qui flottait entre nous, ces ondes… Elle accrochait mon regard, sans le détourner, pour me faire comprendre que son corps de rêve serait à moi si je le voulais. C'était quelque chose de tellement irréaliste ! J'avais pourtant envie d'elle plus que tout. Difficile de ne pas voir ses fesses moulées par un jean ultraserré sans avoir envie de poser les mains sur le denim rêche. J'étais certain qu'on sentait bien, à travers le tissu, la chaleur qui montait de son corps, l'épaisseur de sa chair… j'aurais aimé la caresser à travers les jeans qu'elle portait, pour commencer. Appuyer dans le sillon qui fendait son cul en deux, et celui qui était bien marqué devant, au milieu de ses lèvres, venir sur ses cuisses bien pleines…

Un matin, à la fenêtre, j'ai vu, dans la tour en face, dans une pièce sans rideaux, sans doute un appartement vide, une fille appuyée contre la vitre, nue, se faire prendre par deux garçons, qui se sont succédé derrière elle… Ce n'était pas Aïcha.

Les journées passaient, et je me détestais de ne pas oser faire le premier pas avec elle. Quelque chose en elle m'intimidait, sans doute le fait qu'elle soit aussi libre.

Elle se faisait de plus en plus provocante, pour me prendre dans ses filets, sans résultat. Elle plantait son regard dans le mien, ne le détournait pas, me disant que je pouvais m'approcher, lui faire tout ce dont je rêvais, et qu'elle, elle me ferait découvrir ce dont je n'avais même pas oser rêver. Elle a multiplié, devant moi, les gestes et les attitudes provocantes. C'était clair, elle était prête à aller loin.

J'ai d'elle des souvenirs éblouissants, le genre de souvenirs qui me faisaient me frotter la queue et jouir très vite quand j'étais seul. La manière qu'elle avait de faire jaillir un sein, ou les deux, de son décolleté, comme une offrande… d'écarter les cuisses pour me laisser voir ce qu'il y avait à voir, parfois un sexe nu sous un collant, parfois une culotte qu'elle écartait d'un doigt… et même d'écarter ses lèvres à deux doigts autant qu'elle le pouvait pour me laisser voir son intérieur… C'est fou comme ce geste pouvait me troubler. Moins que de la voir enfoncer son doigt en plein dans son… comme aurait pu le faire ma queue.

Il y avait un petit jardin suspendu, avec des bancs. Ça avait été conçu au départ comme un jardin ouvrier. Puis le temps avait passé, tout le monde s'en était désintéressé, et les services municipaux se contentaient d'entretenir ce qui avait été planté là. Un univers coupé du monde, entre buissons et arbres. J'allais y travailler parfois. Je m'y suis rendu un après-midi. J'avais des livres à lire pour la rentrée, je prenais des notes.

Je n'avais pas pensé la trouver là. Elle était fidèle à elle-même, jupe très courte, à volants, jambes gainées de nylon, débardeur rouge que tendait sa poitrine généreuse, bottes de cuir rouge qui montaient haut. Était-ce le hasard ou se doutait-elle que je viendrais là ? Quand elle m'a vu, elle a eu un sourire qui m'a dit qu'elle était prête à me donner tout. L'odeur de son parfum fruité m'est montée aux narines, achevant de m'ensorceler.

Je me suis arrêté à quelques centimètres d'elle, incapable d'approcher. J'étais figé par la peur.

Ce qui a changé la donne, c'est la conscience que j'ai eue, avant elle, qu'il y avait quelqu'un d'autre. Mon regard a glissé sur le côté. Un peu plus loin, à moitié caché par un palmier, se trouvait Abdel, qui lui jetait un regard avide. Ça m'a fait prendre conscience que je l'avais déjà aperçu après l'avoir croisée, elle, ces derniers jours, sans comprendre que lui aussi la convoitait. Sans que je sache pourtant si elle était aussi explicite avec lui qu'avec moi.

Tout s'est dénoué en quelques instants. Il s'est

approché, j'ai compris que ma présence le désinhibait. Mais c'était aussi vrai pour moi. Ne pas me sentir seul a fait fondre ma peur comme neige au soleil. J'ai franchi, alors qu'il avançait jusqu'à nous, les quelques centimètres qui me séparaient d'elle, et j'ai glissé une main dans son décolleté. J'ai été aussitôt rempli de la sensation d'une peau très douce, du charnu d'un sein. Aïcha a eu un sourire radieux. C'était ce qu'elle attendait. Je l'ai massée, sous le tissu d'abord, puis en mettant ses seins à nu. Je me suis dit que ça avait finalement été bon d'attendre, ça n'en donnait que plus de prix à ce qui se passait. J'avais l'impression que c'était la première fois, comme si je n'avais jamais embrassé de fille auparavant. Je suis venu de la bouche sur un sein, puis sur l'autre. Sa peau avait un goût sucré, et je n'ai pu m'empêcher de penser qu'elle ne me décevrait jamais… qu'elle serait toujours la perfection.

Pendant que je la caressais de la bouche, elle a mis Abdel à nu. Son sexe était énorme, gorgé de sang. Elle l'a masturbé doucement. Incapable de se maîtriser, il a craché un long jet, qui lui a atterri sur le visage, ce qui l'a fait rire, puis encore un autre, et un troisième, qui l'ont maculée. Il s'est mis à dégonfler, mais elle l'a pris entre ses doigts, et elle l'a sucé. Je découvrais en elle une flamme, une énergie, une ardeur que j'avais espérées, mais pas soupçonnées. Les mains d'Abdel ont remplacé les miennes sur ses seins. J'avais envie d'autre chose. Je suis venu sur le cuir glacé des bottes, et j'ai remonté lentement jusqu'à la lisière. Le nylon m'a rempli d'électricité. La jupe était très courte, mais les volants cachaient tout. Aïcha s'est trémoussée sur le banc, les joues toujours gonflées par la queue dont elle se remplissait la bouche.

Je pensais qu'elle portait un collant, mais la jupe est remontée légèrement, me laissant voir les attaches de bas stay-up qui enserraient ses cuisses faites au moule. J'étais impatient, mais je me suis contrôlé. C'était ça qui était bon, justement, de ne pas aller trop vite. Enfin, je suis arrivé sur sa peau nue. J'ai retroussé la jupette, pour apercevoir un slip rouge, d'un tissu scintillant, qui collait à son pubis et s'enfonçait dans sa fente. Il y avait une grosse tache d'humidité sur le tissu. J'ai joué, en poussant le tissu dans la fente qui s'ouvrait. Elle a perdu le peu de contrôle qu'elle avait, s'est laissée aller contre le banc. Abdel s'est mis à frotter sa queue contre ses seins, alors que j'écartais son slip, pour ma première vision en gros plan, tellement attendue, de son sexe, quasi imberbe, aux lèvres très longues, qui, libérées de la pression du slip, se sont épanouies.

Je suis venu sur elle de la bouche et du doigt, la léchant avec ardeur, avant de glisser un doigt en elle, puis un autre, puis encore un autre, avec des bruits visqueux. Il y a eu un enchaînement : Abdel a craché tout le sperme qu'il avait dans le ventre sur ses seins. Ça a fait de grosses traces crémeuses. Je l'ai sentie jouir au bout de mes doigts. Les deux conjugués ont fait que moi aussi, j'ai joui, balançant tout dans mon pantalon.

On s'est retrouvés tous les après-midi, sans avoir rien concerté. On savait simplement que quand on descendrait, on trouverait ses partenaires là, et que si l'un d'entre eux était absent, il n'allait pas tarder à arriver. Faire l'amour à trois, c'était un moyen de vaincre sa peur, c'était aussi une manière de multiplier les sensations et les plaisirs. Aïcha avait un corps somptueux, et nous avions tous les trois le sentiment de vivre des moments sans limite aucune.

Si ma queue était restée dans mon pantalon le premier jour, Aïcha s'y est attaquée le lendemain, l'a mise à nu. Elle m'a sucé en me menant chaque fois au bord de l'orgasme, mais en s'arrêtant au dernier moment, pendant qu'Abdel fouillait son cul : il s'était enfoncé en elle après s'être gainé d'un préservatif. Elle était pliée en deux pour me sucer. Il s'est contenté de retrousser sa robe, de descendre son collant, de se ficher en elle. J'ai joui dans sa bouche, incapable de me retenir, tellement ça me plaisait qu'on soit emboîtés, mais tellement aussi la possibilité d'emboîtements futurs m'excitait.

Chaque journée qui passait nous voyait nous abandonner dans le jardin aménagé, et aller plus loin, avec la conscience de cet éphémère qui est le lot de l'être humain. Bientôt, ceux qui peuplaient la cité allaient revenir, et le rêve prendre fin. Chaque jour, nous montions d'un cran vers cet extrême que nous appelions de toutes nos forces. Elle était à nous, de tout son corps, offerte.

Il y a des jours qui ont un goût d'inachevé, d'autres celui de la perfection. Un après-midi, nous l'avons attendue, mais ça en valait la peine, elle est enfin arrivée vêtue d'une robe couleur prune qui descendait à ses chevilles. Le haut décolleté comprimait son torse. On aurait dit que ses seins poussés vers le haut, dont une bonne moitié sortait, allaient jaillir à l'air libre. Le bas était un empilement de couches de tissus, de dentelles et de volants. Elle était plus désirable qu'elle ne l'avait jamais été.

Elle s'est campée devant nous, nous a laissés nous débrouiller avec la masse de tissu qui la couvrait. On a soulevé sa robe. Dessous, elle avait des escarpins rouges et des bas stay-up qui traçaient le chemin jusqu'à un sexe nu, que l'excitation avait déjà bien dilaté, et qui faisait couler des lignes liquides sur sa chair.

Elle a poussé Abdel sur un banc, après avoir mis son sexe à nu et l'avoir enveloppé de plastique. On était trois pour tenir le tissu, lourd et volumineux, de la robe. Elle s'est emmanchée sur la queue d'Abdel. J'adorais ce geste qu'elle avait toujours, quand nos sexes s'approchaient, de prendre une queue, de l'ajuster sur elle, de la faire rentrer.

Bras tendu en arrière, elle me branlait. Je tenais toujours la robe, regardant le sexe aller et venir dans la vulve. Elle a eu un mouvement pour redresser sa croupe, mettant plus en évidence sa vulve dans laquelle le membre allait et venait, et la fente de son cul ouverte dans cette position sur le plissement de son anus. Elle m'a jeté un regard intense qui ne laissait aucun doute quant à ce que je pouvais faire.

Je me suis approché. Nous nous étions jusqu'à présent succédé en elle, pendant qu'elle s'occupait de l'autre de la bouche et de la main. J'ai posé mon sexe là où le sillon s'amorçait ; je suis lentement descendu. Mon gland est venu se coller contre sa muqueuse anale comme si les deux parties étaient naturellement destinées à s'imbriquer. J'ai même eu le sentiment, un bref instant, que sa muqueuse m'aspirait dans un spasme impatient. Pourtant, je me suis dégagé, suis descendu plus bas. J'avais une idée folle. J'étais convaincu que sa vulve pouvait nous accueillir tous les deux. Elle me semblait incroyablement élastique.

J'ai poussé ma queue à l'intérieur, et, avec une infinie facilité, elle a glissé dedans. Je sentais la bite d'Abdel qui frottait contre la mienne, à mesure que je bougeais, et j'ai repensé à la phrase qu'il avait eue un jour. « On est tous un peu pédés. » Vu l'excitation que ça me procurait de frotter contre lui, ça devait être un peu vrai. On a bougé de concert dans la muqueuse. Je sentais Aïcha vibrer, j'éprouvais la sensation grisante que le moment que je vivais était exceptionnel, accompagné aussi de la certitude qu'après, ce serait la fin… Les vacances se terminaient.

J'ai dégagé ma queue, l'ai remontée le long du sillon fessier. Ça m'avait tellement excité de bouger en elle que j'avais doublé de volume. C'est une queue dilatée que j'ai fourrée dans un anus tellement ouvert que je n'ai pu m'empêcher de me faire la réflexion qu'elle avait souvent dû être pénétrée par là.

On a bougé en elle de conserve, avec l'illusion d'une fusion, et on a fini par jouir. Jamais, malgré le préservatif, je n'avais eu à ce point l'impression de la remplir…

Quand Farid est revenu, il m'a dit, avec un sourire méprisant :

— Alors, t'as dû t'emmerder pendant ces deux mois ?

Il n'a pas compris pourquoi il y avait sur mon visage un sourire supérieur, ni pourquoi j'ai répondu :

— Parle pour toi !

Le lac

Ian Cecil

Quand Chloé, ma meilleure amie, m'a proposé de l'accompagner en vacances chez sa mère, je répondis oui tout de suite. Nous terminions notre classe de seconde au lycée, je me réjouissais à l'idée de me prélasser au soleil, en plein mois de juin, pendant que les autres passeraient le bac.

Laurence, la mère de Chloé, est venue nous chercher dans une vieille Renault à la gare de Draguignan. Après une éternité de route serpentant dans la garrigue, nous avons plongé en direction du lac de Sainte-Croix. Une vue que je n'oublierai jamais : les gorges du Verdon, avec au fond, le lac d'un bleu vert d'eau bordé de pins, de chênes blancs, de chênes verts. Par-dessus tout, le ciel limpide.

La mère de Chloé était de taille moyenne. Un simple crayon maintenait ses cheveux châtains ramenés en chignon. Elle avait la peau claire malgré le soleil. Elle portait des vêtements en lin très amples. L'expression languide de ses yeux me rendait toute chose.

Sa petite maison était située aux abords du village de Sainte-Croix, reconstruit sur les hauteurs après l'édification du barrage. Laurence ne s'était jamais faite à l'engloutissement de sa maison de vacances. J'attribuais à ce malheur l'expression de tristesse qui ne la quittait jamais.

Chloé et moi descendions au lac pour nous baigner, bronzer, discuter à l'infini. Pour la première fois, j'osai me délester de mon soutien-gorge : nous étions seules. J'avais pris l'habitude de me mettre seins nus quand, le quatrième jour de nos vacances (il me semblait que nous étions là depuis déjà quatre semaines), Laurence nous a rejointes avec des boissons et des biscuits. J'en fus gênée. Pour ne pas le laisser paraître, je restai immobile, jambes allongées, buste relevé, bras en arrière…

Le temps de me rendre compte que, de cette façon, je projetais ma poitrine en avant comme pour provoquer… Laurence laissait tomber sa robe le long de son corps, qui apparut mince, pâle, nu. Elle courait déjà vers le lac, suivie par sa fille. La scène me permit de reprendre souffle, ensuite je me levai, courus plonger. Je ne me souviens plus comment je me retrouvai à nager aux côtés de Laurence. Elle m'a invitée à ôter mon maillot : nager nue, disait-elle, produisait des sensations uniques de liberté, de plénitude, de sensualité : on avait l'impression de ne faire qu'un avec l'eau, la terre. Bientôt, je fus nue près d'elle. Nous nagions la brasse lentement vers le large. Je devinais ses fesses blanches. Elle ne cachait pas ses regards sur moi.

« Tu es belle », m'a-t-elle dit, comme si c'était une évidence qu'il eût été inconvenant de taire. Ses lèvres mouillées, sa langue que j'entrevis, ses incisives qui étincelèrent… Je nageais comme un automate, incapable de parler ni de penser. Nous avons regagné le bord. Chloé s'était endormie au soleil. Laurence m'a tendu la main. Je la pris en somnambule. Nous nous sommes allongées sur le dos à côté de Chloé. Laurence s'est tournée vers moi, m'a souri : la serviette était petite, nos corps se frôlaient. Elle a fermé les yeux, m'a lâché doucement la main. Une fois que j'eus les yeux fermés, moi aussi, j'éprouvai très nettement le contact de ma peau contre la sienne. Je prenais conscience de chaque sensation… nos orteils, nos jambes, cuisses, hanches, poitrine, épaules… Nos cheveux dans le vent nous chatouillaient le visage, les épaules, les seins… Aucune de nous deux ne bougeait, et pourtant, je sentais mon sexe se gonfler. Il devenait moite, comme si mon vagin se gorgeait d'une eau visqueuse qui suintait, imbibait…

Mon maillot ! Où était-il ? Ça devait couler sur la serviette ! Je me redressai. Laurence surprise a poussé un cri, a demandé ce qui se passait. « Mon maillot ! » Elle a jeté un œil à mon pubis à l'air. Je dus rougir comme une tomate. Elle a éclaté de rire : elle avait oublié qu'elle le tenait à la main, mon maillot. Je me le répétai toute la journée, je m'en souviens : « Laurence avait ton maillot dans sa main, ses doigts jouaient avec le tissu élastique, le roulaient en boule, l'étiraient. » J'avais l'impression que mes seins se gonflaient, frémissaient comme mon sexe, qui heureusement, lui, restait invisible. Je remerciais le ciel de m'avoir faite femme !

Le rire de Laurence avait réveillé Chloé. Nous sommes rentrées.

Le lendemain matin, Chloé fit une surprise à sa mère. Elle la réveilla en sursaut, et elle m'appela. Nous l'avons secouée en gigotant, et pour finir, nous nous sommes étalées à ses côtés, éclatant de rire à chaque seconde. Enfin, Chloé s'est écriée : « Je vais acheter des croissants, les filles, j'ai faim ! »

Je me retrouvai, pour un temps qui me sembla infini, seule dans le même lit que Laurence. Elle a tourné son visage vers moi, m'a dit qu'il ne faisait pas si chaud, et elle a rabattu un drap sur nos corps. Je vis alors qu'elle était vêtue d'un simple T-shirt. Je portais encore une culotte. Après quelques secondes ou de longues minutes, je ne saurais le dire, une main s'est posée sur ma cuisse, une voix m'a assuré que j'étais douce, la main a caressé ma cuisse, a remonté entre mes jambes. Je me tournai vers elle avec une expression que je croyais outragée. Or, mon visage exprimait l'abandon et la fougue – autrement dit, le désir.

La main de Laurence glissait entre mes cuisses fermées, écartait mes lèvres, étirait ma vulve, écrasait le clitoris… Je sentais ses doigts contre ma peau, sous la culotte. Mes cuisses s'écartèrent. Alors, ses doigts ont ouvert mon sexe, s'y sont glissés, recueillant le précieux liquide dont ils ont enveloppé mon clitoris, tournant tout en appuyant, afin de faire jaillir les muqueuses, pénétrant, mouillant, caressant l'anus, revenant au bouton avec fébrilité. L'orgasme me fit gémir.

Laurence a observé mes lèvres entrouvertes, m'a souri, a murmuré : « Tu es belle. » Ici, une ellipse, le temps arrêté, un trou noir dans mes souvenirs. Puis je la regardai se lever, ôter ses vêtements, se diriger vers la salle de bains. Je tentai de mettre de l'ordre dans mes émotions : étais-je amoureuse d'une femme de quarante-huit ans ?

L'après-midi, Chloé est partie se baigner, déçue que je ne l'accompagne pas. Laurence m'a fait signe de m'asseoir avec elle. Elle a plongé son regard toujours si clair, aussi vert que l'eau du lac, dans mes yeux rendus, tout voile abandonné, avant de m'embrasser avec une tendresse – chaude, gonflée comme mes muqueuses irriguées de sang, de salive, de mouille. Sa langue pointue me butinait, ses dents heurtaient les miennes avec une délicatesse subtile – qui me semble exprimer de la manière la plus exquise la passion amoureuse. Dans son regard, je la lisais offerte, Laurence, prête à se soumettre ou à me transporter. Moi, je demeurais inerte. Elle est descendue à mon ventre, puis a plongé son visage entre mes jambes, s'abreuvant à ma « vulve », c'est le mot qui me vint à l'esprit, non sans un haut-le-cœur. Abouchée à moi, elle léchait, recueillait ma mouille, en badigeonnait mon clitoris qu'elle titillait comme si la jouissance qui m'emplissait accroissait sa propre excitation.

Elle a posé la main sur mes lèvres pour m'empêcher de crier. Je la mordis pour prix de mon silence. Puis je suçai ses doigts, me jetai sur elle, lui rendis avec mes lèvres, avec ma langue, le plaisir qu'elle venait de me donner. Ma salive, qui poissait mon visage, couvrait ses cuisses, ses fesses… Et le spectacle de sa mouille jaillissant à petits jets drus me remplissait d'effroi…

*
* *

Je passais de longs moments avec Chloé qui ne se doutait de rien. Je parvenais à lui cacher que je ne pensais qu'à Laurence, que je n'aspirais qu'à la rejoindre, que j'éprouvais une fringale de sexe : l'orgasme me faisait « étinceler ». C'est Laurence qui m'avait dit ça.

La nuit, je rejoignais Laurence, je pleurais sur sa poitrine. Elle se taisait, comme si elle devinait le pourquoi de mes pleurs, et pourquoi il ne servait à rien de parler. Nous nous embrassions, et nous faisions l'amour.

Épuisée de gestes, de caresses, de baisers, je m'endormais – pour m'éveiller emplie de désir au milieu de la nuit. Je me collais à elle, frottais ma vulve contre sa cuisse. Elle s'éveillait à son tour, accompagnait mes mouvements, se lovait contre moi, se masturbait contre ma cuisse. Nous jouissions ensemble. Ou bien, quand mon orgasme arrivait en premier… je la surprenais, fébrile, se donnant un plaisir tendu contre moi, rageur presque, entre victoire et désespoir.

Il fallut partir.

Je pleurais seule dans la forêt, marchant où nous avions marché, incapable de m'arrêter où nous nous étions arrêtées.

Pendant tout le trajet de retour, puis durant des jours et des semaines, j'hallucinais les mains de Laurence sur mon corps, sur toutes les parties de ma peau : elle avait tout caressé, tout connu, tout épanoui.

Les mois passèrent. Enfin, je compris que je ne la reverrais plus. Un déménagement, des questions de famille : Chloé ne jugea pas utile de me donner des précisions. Je ne les demandai pas.

Mon amitié pour Chloé augmenta à partir de ce moment. Mon intérêt pour elle prit des proportions qui ne tardèrent pas à devenir incompréhensibles pour Chloé elle-même, comme pour mes parents. Tout se termina après une nuit que nous passâmes ensemble dans mon lit. Forte d'une autorité acquise au contact de sa mère, serrant mon corps contre le sien, je la caressai comme sa mère l'avait fait avec moi, puis m'appesantis sur son pubis, cherchant à écarter ses cuisses. Elle résistait sans comprendre ce que je faisais. Je lui affirmai alors que toutes les filles faisaient ça entre elles, que c'était courant, mais qu'aucune ne l'avouait. Elle me demanda alors si je l'avais déjà fait. Je lui répondis en minaudant que oui, avec elle, à l'instant même. Cela la fit rire, elle fit semblant de me croire. Si elle ne se laissa pas complètement aller à mes caresses, ces dernières me permirent de me croire revenue avec Laurence : elle lui ressemblait tant ! Je pris sa main, l'immisçai entre mes cuisses…

Nous fûmes emportées toutes deux sous les mouvements de nos doigts, mais le lendemain matin, d'une humeur sombre, Chloé me dit que son clitoris lui faisait mal, qu'elle se demandait si nous n'avions pas échangé des maladies. Nous nous sommes quittées en nous faisant la bise : c'était fini.

*

* *

Pourquoi suis-je revenue aujourd'hui sur ces quelques jours qui semblent ne constituer qu'une parenthèse dans ma vie, et ce après tant d'années, alors que je suis mariée et mère de deux enfants ? Comment ne me suis-je pas rendu compte de ce que signifiait le fait de choisir pour la première fois de passer deux semaines, en plein été, dans une location trouvée « par hasard » dans le village de Sainte-Croix ? Une fois ici, j'ai été submergée par les souvenirs. Je suis sortie pour cacher mon trouble, me dirigeant comme un automate vers la maison de Laurence, qui avait été vendue. Sans m'en rendre compte, mes jambes m'ont portée à l'endroit exact où, pour la première fois au milieu des bois, Laurence m'avait fait l'amour. Je m'y suis allongée, me suis dévêtue hors de moi. Allongée sur le dos, jambes écartées, je me suis masturbée en espérant qu'une femme arriverait, me demanderait, debout au-dessus de moi, de la lécher, remontant sa robe, dévoilant le sexe de Laurence.

Moi, je me redresserais, j'enfoncerais ma bouche entre ses cuisses, elle me regarderait sévèrement, une moue virile lui barrerait la bouche, elle m'ordonnerait de la faire jouir. Et moi, je lui obéirais, lui donnerais le plaisir qu'elle attendrait de moi. Elle se crisperait, accrochée des deux mains aux branches alentour, jouissant, jambes raides m'écrasant le visage, me comprimant la gorge.

Et j'ai gémi sans retenue, c'était moi seule qui jouissais, personne n'était venu. J'étais apaisée, sereine, et seulement depuis cet instant irrémédiablement ouverte à mon désir lesbien : dix-huit années de sage soumission au désir de l'homme, de maternité, d'obligations avaient volé en éclats.

Si j'écris ça, c'est que ce soir, mon mari a, lui aussi, brisé une glace que je n'imaginais pas. Il n'est pas anodin qu'il ait osé me faire cette confidence aujourd'hui, comme si ses cellules avaient senti que tout mon être avait changé. C'est en tremblant qu'il me fit l'aveu d'un fantasme qui le tiraillait depuis quelques mois. Il commença par me dire que c'était un fantasme masculin très courant, et que les femmes le partageaient. C'était maladroit et touchant. Je lui ai souri, l'invitant à poursuivre. Dès les premiers mots, j'ai compris. J'en ai eu la tête qui tournait, j'ai dû m'asseoir, il a cru qu'il m'avait choquée. Je n'ai pas dissipé le malentendu, entendant tout au contraire en jouer pour parvenir à mes fins.

Ce ne sera que dans deux jours – deux jours pendant lesquels je resterai comme préoccupée, afin de lui cacher au mieux ma joie, ou plutôt afin de m'en emplir, de m'habituer à cette nouvelle femme à laquelle il m'autorise à m'ouvrir malgré lui – que je lui confierai ce qui le réjouira…

« Oui, lui dirai-je, nous accomplirons ce fantasme, nous aurons une relation à trois, autant de fois que tu le désireras – avec une autre femme ! »

Barcelone, délices catalans

Octavie Delvaux

Les derniers rapports venaient de parvenir dans les bureaux de Delicious Planet, maison d'édition spécialisée dans les guides touristiques gastronomiques. La société, qui envoyait des rédacteurs à travers le monde, visait un lectorat friand de découvertes culinaires. Les ouvrages fourmillaient de photos alléchantes, bonnes adresses, conseils gourmets…

Ce jour-là, la rédaction était réunie dans le bureau du directeur pour plancher sur les prochaines publications. Les dossiers arrivaient d'Espagne : Séville, Madrid, Barcelone. Le patron, Alain Durieux, avait approuvé les deux premiers projets sous réserve de modifications, quand vint le tour de Barcelone.

Barcelone, délices catalans, par Gloria Zemke.

À la lecture de ce nom, le regard du directeur s'illumina. Sa relation avec la nouvelle recrue n'était un secret pour personne. Bien que marié et père de famille, Alain entretenait une liaison avec la jeune reporter. Gloria était une femme comme on en rencontre rarement. Libre, peu farouche, elle se donnait corps et âme à chacun de leurs trop rares rendez-vous. À l'évocation de leurs étreintes, Alain avait déjà un début d'érection. Il se figurait sa chute de reins, sa manière de tendre la croupe, ses ondulations de couleuvre pendant la pénétration, les insanités qu'elle murmurait pendant la sodomie. Il avait été soufflé quand elle lui avait offert son anus le premier soir. Jamais, il n'avait connu ça avant. Pourtant, il avait l'habitude des nanas de passage. Depuis ce jour, Alain l'avait dans la peau. Il aimait l'étroitesse de son anneau froncé, ses lèvres pulpeuses qui glissaient sur sa queue, la lueur de défi qui traversait son regard quand elle avalait son foutre. Impudique, désinhibée, Gloria jouissait de tout, sans arrière-pensée.

Alain aurait dû se douter qu'un jour ou l'autre, elle ne se contenterait plus de leurs cinq à sept occasionnels. Après quelques mois d'une relation sans nuage, elle avait commencé à le harceler. Puisqu'il ne baisait plus avec sa femme, à quoi bon rester avec elle ?

En fait, Alain baisait toujours avec sa femme, mais il n'avait pas jugé opportun de la chagriner avec ce détail. Gloria avait menacé de rompre. Plus le chantage se faisait pressant, plus Alain réalisait combien il lui coûterait de renoncer à leurs plans cul débridés. Sa plus grande erreur avait été de tenter de noyer le poisson en lui faisant miroiter un divorce qu'il n'avait pas du tout l'intention d'engager.

Avant son départ pour Barcelone, Gloria avait demandé des preuves, des factures d'avocat, qu'il n'avait pu lui fournir. Alors la grosse engueulade avait éclaté. Elle était partie en lui crachant à la figure. Il n'avait pas eu de nouvelles depuis. Pourtant, il était confiant, ce n'était pas leur première dispute. Alain finissait toujours par l'amadouer en jouant sur la corde sensible : « Tu sais très bien que c'est toi que j'aime, je n'aimerai toujours que toi… »

Quelque chose ne tournait pas rond : le rapport sur Barcelone circulait de main en main, semant des rires sur son passage. Il finit par atterrir devant le directeur. Alain ajusta ses lunettes sur son nez, commença la lecture :

« Barcelone est une ville emblématique, plébiscitée des touristes du monde entier. Du quartier Gothique à l'Eixample, elle offre une variété de couleurs et d'architectures sans pareille. La cuisine catalane est à l'image de cette diversité : riche, bariolée, savoureuse, conviviale. Élaborée à partir des produits de la mer comme de la terre, elle ravira les palais les plus exigeants. Laissez-vous séduire par une gastronomie explosive, sensuelle et surprenante…

Ramblas et tapas :

Les Ramblas, artère palpitante de la vieille ville, s'étendent de la place de Catalunya au vieux port. L'avenue est le passage obligé pour qui veut goûter à l'atmosphère festive de la ville. On y flânera à l'envi, emporté par le flot de badauds et d'habitués. Mais attention : les lieux sont hautement touristiques. Ne vous laissez pas piéger par les nombreux restaurants qui proposent des plats soi-disant typiques.

Bien que les tapas ne soient pas une spécialité barcelonaise, vous pourrez en goûter de délicieuses en vous éloignant des Ramblas. Ainsi, en empruntant la rue Del Carme qui mène au quartier populaire du Raval, vous croiserez l'enseigne d'un endroit très fréquenté des Barcelonais : La Tortuga. Ici, le restaurateur parvient à allier spécialités catalanes et fingerfood. Entrez sans attendre. Les places assises sont très prisées. Avec un peu de chance, le délicieux Pablo, beau et jeune serveur au charme méditerranéen, vous escortera vers une table du fond. Demandez un assortiment de charcuteries : on vous servira les meilleures saucisses bifana blanca et boudins butifarra negra de la ville, en portions dégustation plantées sur des piques multicolores. Arrosez le tout d'une bonne sangria, saupoudrez des œillades provocantes et des sourires enjôleurs de ce diable de Pablo, et vous obtiendrez un cocktail catalan explosif.

Avec un peu de bonne volonté : regards insistants, moue explicite, jeu de jambes adéquat, il ne vous sera pas difficile d'obtenir les faveurs de Pablo pour un soir. L'animal est peu farouche. Sitôt emballé, il vous conduira dans une arrière-cour isolée des curieux. Collez-vous contre son torse athlétique, tâtez sa musculature sensuelle, pétrissez ses fesses au galbe arrogant, goûtez à ses lèvres appétissantes, savourez le contact de son sexe dur contre votre pubis… Vos pulsions feront le reste.

Conseils de gourmet :

Ne partez surtout pas sans avoir dégusté la splendide queue de Pablo. Pour ma part, j'en garde un souvenir ému. Il me l'a sortie sous la voûte étoilée. Je la revois encore : longue, belle, raide à se damner. Le gland dodu et rutilant appelait ma langue. Son goût salé, pas désagréable, a ravi mes papilles. Je l'ai léchée pendant que le cher ange débitait toutes sortes de niaiseries dans un catalan incompréhensible. J'imagine qu'il me signifiait sa pleine satisfaction. Au moment où je lui ai servi ma spécialité : une fellation profonde effectuée dans les règles de l'art, avec coups de langue bien placés et aspiration des couilles par intermittences, le bonhomme ne cachait pas son émoi. Il râlait, s'extasiait, en m'arrachant les cheveux. Ainsi stimulée, je me suis vite changée en femme fontaine. Son excitation était si communicative que je dégoulinais sur le pavé. À ce rythme, il ne m'a pas fallu longtemps avant de déguster sa succulente crème catalane. Le mets, servi à température, ne manquait pas d'onctuosité.

Celles qui sauront se faire caressantes n'auront aucun mal à goûter aux frictions de la langue experte de Pablo. Croyez-moi : elle vaut le détour. Dès les premiers attouchements, j'ai compris que le bel hidalgo était un fin gourmet. Le genre d'adorateur du sexe féminin qui ne me laisse pas de glace. Après une masturbation à deux doigts, bien ciblée et rondement menée, le garçon s'est agenouillé devant moi. Soyez prévenues : Pablo va droit au but. Pas de préliminaires interminables. Il saura décalotter jusqu'au clitoris le plus planqué, et le soumettra à des vibrations assassines qui vous feront voir des étincelles. Sa langue est une machine à plaisir qui sait allier rythme et puissance. Je ne me lasserai pas d'évoquer son endurance hors pair : voilà une langue qui ne vous lâchera pas avant de vous avoir fait grimper aux rideaux. Ce service exceptionnel s'achève en apothéose. Quand certains amants reculent devant vos orgasmes de peur de mal faire, Pablo cultive l'art délicat d'accompagner les spasmes de la jouissance de sa langue. Le formidable appendice se fait alors doux et câlin. Savourez-le jusqu'à la dernière miette. Un cunnilingus cinq étoiles à ne rater sous aucun prétexte !

À éviter : même les plus grands chefs ont leurs travers. Je ne conseillerais pas l'extra doigt dans la chatte ou dans l'anus. Bien que friande de ces condiments pendant un bon cunnilingus, je n'ai pas apprécié les petites attentions pénétrantes de Pablo. Le bougre a les ongles longs : ça gratte et ça brûle !

La Boqueria

Reprenez le chemin des Ramblas. L'avenue vous réserve encore bien des surprises. En descendant l'artère jusqu'à la mer, ne ratez surtout pas le célèbre marché historique de La Boqueria, dont vous apercevrez l'entrée sur votre droite. Prenez le temps de flâner sous la verrière accueillante de ce coin de paradis où cohabitent marchands de primeurs, charcutiers et poissonniers dans une ambiance conviviale. Rafraîchissez-vous des jus de fruits frais proposés en abondance, appréciez les couleurs qui composent cette mosaïque de saveurs méditerranéennes.

Surtout, ne manquez pas de faire une halte chez le marchand de fruits et légumes Primavera, à l'angle, sur votre gauche. Goûtez aux melons, oranges et pêches de toute première qualité, et n'oubliez pas de jeter un coup d'œil au fils du patron, qui officie comme magasinier. Joachim ne transporte pas des caisses de provisions toute la journée pour rien : ses efforts quotidiens lui ont sculpté un corps d'apollon qu'il promène dans tout le marché sans pudeur. Laissez-vous ensorceler par son débardeur « piège à filles », qui ne cache rien de ses abdominaux d'acier, de ses biceps ahurissants, de ses fesses en béton armé. N'hésitez pas à lui signifier par un sourire combien sa silhouette vous laisse pantoise. Il en sera charmé et, si vous êtes chanceuse, vous proposera de le suivre dans un des nombreux camions d'approvisionnement. Là, entre les caisses de fruits et légumes, régalez-vous sans réserve des spécialités de Joachim. Son imagination en matière de vice est sans limite…

Conseils de gourmet :

Pensez à profiter des fruits et des légumes à portée de main pour pimenter vos ébats. Votre partenaire n'en sera que plus motivé. Pour ma part, j'ai aimé plonger des fraises juteuses dans mon sexe sous l'œil excité du beau Joachim. Ma chatte humide les aspirait avec gourmandise. Une bonne demi-douzaine de fruits y sont passés, que nous avons dégustés ensuite, chacun notre tour. Ah, l'expression perverse de son regard lorsqu'il croquait le fruit au jus chaud et parfumé de ma mouille !

Que dire des courgettes et des concombres ? Sinon que Joachim aura tôt fait de les introduire dans vos orifices complaisants. Il prendra un malin plaisir à voir votre vagin happer le légume oblong, et votre anus se distendre sous l'effet de l'invasion végétale. Ses coups de langue bien appliqués sur votre clitoris feront de l'expérience un moment rare de communion avec la nature.

Mais tout cela n'est rien en comparaison du membre audacieux de Joachim lorsque celui-ci a décidé de l'enfoncer en vous. Le mastodonte se dresse, raide et victorieux, contre vos fesses en feu, vous perce, vous martèle, pliée sur les cageots. Multiples orgasmes et hurlements d'extase assurés.

À éviter : Joachim sera prompt à vous proposer l'extra « fessée à mains nues ». Excitante en apparence, la pratique deviendra cuisante administrée par ce magasinier à poigne d'acier. Croyez-en l'expérience d'une audacieuse ! À réserver à un public averti.

Le port

Que les plus gourmandes n'hésitent pas, si elles ne sont pas encore rassasiées, à continuer leur chemin sur les Ramblas. Descendez l'avenue jusqu'au port. Tournez à gauche, longez les quais animés, et vous verrez bientôt se dresser le Palau del Mar, où touristes et Barcelonais viennent déguster les délices de la mer dans les nombreux restaurants qui l'occupent.

La cuisine catalane accorde une grande place aux fruits de mer. Ils seront généreusement servis dans des plats mijotés à base de riz ou de pâtes. Pourtant, j'ai préféré m'écarter des sentiers battus pour aller goûter à l'authenticité des petits troquets de Barceloneta. Au marché, on m'avait chaudement recommandé le restaurant des frères Badia, spécialistes de la Fideua et de la Zarzuela. Grand bien m'en a pris !

Entrez et vous serez accueillie par l'un ou l'autre des frères : Guillem et Antoni. Ils ne se ressemblent pas, mais sont tous les deux charmants. L'un, plutôt freluquet, ouvre de grands yeux bleus et tendres sur ses convives du fond de la cuisine, tandis que l'autre, brun et costaud, assure le service avec une bonne humeur contagieuse. Leurs plats sont aussi succulents que copieux. Vos papilles ne sauront plus où donner de la tête tant les assiettes, débordent de calamars, de moules et de crevettes.

Conseils de gourmet :

Usez et abusez de la générosité des deux frères ! Ils ne sont pas avares en gâteries. Incapable de faire mon choix entre tous les mets proposés à la carte, je me suis vu gentiment présenter un assortiment de tous leurs ragoûts. Il m'a fallu la soirée entière pour en venir à bout. Lorsque je me suis retrouvée seule dans le restaurant, Guillem et Antoni se sont invités à ma table. Deux êtres adorables et bougrement sexy ! Comment pouvais-je choisir ? Impossible, j'ai donc pris les deux. À force de siroter le délicieux digestif dont ils faisaient déborder nos verres, je suis deve-

nue plus entreprenante, tâtant ici leurs genoux, là leurs petites fesses moulées. Puis j'ai glissé ma langue entre leurs lèvres pour goûter leurs saveurs respectives. Guidée par leurs mains, je me suis penchée vers les appendices qui commençaient à déformer leurs braguettes. Quel délice de les tenir tous les deux dans mes mains et de les branler en accordant les attentions de ma langue tantôt à l'un tantôt à l'autre. Après de tels amuse-bouches, je me devais de finir le repas par un copieux plat de résistance.

Guillem, le plus grand, était assis, la bite à la main. Il avait sans conteste le membre le plus gros – idéal pour combler le vide entre mes jambes ! Je me suis empalée sur lui sans retenue, jusqu'à sentir son gland cogner au fond de mon vagin. Quelques va-et-vient d'usage, deux ou trois claques sur les fesses appliquées par son frère, et j'étais bien ouverte, affreusement excitée, prête à leur offrir mon deuxième orifice. J'ai écarté mes fesses à deux mains pour y accueillir la queue fine et nerveuse d'Antoni. Après d'agréables caresses préliminaires, l'homme m'a copieusement dilaté l'anus du bout du gland, avant de s'enfoncer plus profondément en moi. Nous n'avons pas bougé au début : je devais m'habituer à la double invasion. J'étais tiraillée, ouverte de part en part – et comblée. Très vite, je les ai sommés de me secouer davantage. La sensation des deux queues occupées à me ramoner les entrailles touchait au sublime. Un mets d'exception, à réserver toutefois aux « palais » les plus entraînés.

À essayer absolument : le cunnilingus à deux

langues, un festin de roi d'une rare volupté, et sa variante Guillem côté chatte, Antoni côté cul. Leurs léchouilles généreuses rivalisent avec le travail des plus grands chefs. Orgasmes fulgurants en perspective… »

Le texte continuait ainsi sur des pages et des pages, le Barri Gotic, le Passeig di Gracia, la Sagrada Familia… autant de lieux emblématiques qui semblaient avoir inspiré d'odieuses fornications à Gloria. Les articles étaient illustrés : certaines photos présentaient des plats en gros plans, d'autres montraient Gloria, ultra souriante, bras dessus bras dessous avec différents hommes, tous jeunes et séduisants. Alain Durieux en avait assez lu, il referma le dossier.

Pour le coup, il ne bandait plus.

Trois mois plus tard, Gloria Zemke démissionnait et lançait, en collaboration avec La Musardine, une nouvelle collection de guides touristiques roses.

Plage des Salins

Arthur Vernon

Les deux ficelles du maillot de Laure étaient désormais déliées. D'un coup sec, Thomas avait le pouvoir d'exhiber l'intimité de sa copine à la vue de tous. Tous, ce n'était pas énormément de monde sur la plage naturiste clairsemée. La présence des deux amoureux en ce lieu n'avait pour objectif que de pimenter leurs vacances. Thomas et Laure partageaient leur vie depuis près de deux ans et, s'ils étaient encore très amoureux l'un de l'autre, ils avaient conscience que leur désir réciproque nécessitait un entretien d'usage.

En vacances, en cette fin de mois d'août, à Saint-Gilles-Croix-de-Vie, jolie bourgade de la côte vendéenne, Laure avait lu dans un article de *Réponse à Tout* qu'une plage naturiste jouxtait celle que le couple avait l'habitude de fréquenter. À l'issue d'un câlin jouissif mais terne avec son chéri, elle avait pris l'initiative de lui suggérer la visite de la plage des Salins. Thomas avait réagi aussi mollement que sa dernière érection. Pourquoi pas, avait-il maugréé, mais hors de question d'exhiber la bistouquette en public.

C'est donc en maillot que le couple entreprit l'expédition. Le soleil tapait dur, en ce début d'après-midi. Il rôtissait la peau rosie des aventuriers en herbe, et le sable brûlant agressait leurs pieds tendres. Les vagues frappaient le rivage de toute leur puissance, signe de marée montante à fort coefficient, et le vent giflait leurs visages. Le minuscule parking de la plage était bondé, mais Laure et Thomas n'avaient pas encore aperçu les fameux nudistes.

Au bout de quelques dizaines de mètres, ils distinguèrent enfin la première victime de leur curiosité : un vieux chauve, allongé comme une baleine échouée, la bouche béante, les yeux clos, et dont le sexe émergeait à peine de la masse ventrale. Les amoureux passaient à quelques mètres de l'épave en se serrant la main, pétris d'angoisse, qui avait vite remplacé l'excitation. Mais à quelques encablures, d'autres corps se révélaient à eux. Leurs lunettes de soleil autorisaient des regards prolongés : un couple quarantenaire roupillait ici, Monsieur côté pile, fesses et dos poilus, Madame côté face, aux larges mamelles et au sexe glabre rutilant. Un autre couple, accompagné de sa marmaille, se dirigeait vers l'eau bouillonnante, armé de grosses bouées animalières.

Thomas susurra à Laure : « C'est vraiment pas bandant. On ferait mieux de repartir. » En fait d'excitation, le jeune homme éprouvait une gêne croissante : son maillot le dénonçait aux yeux de tous comme un infâme pervers venu assouvir des pulsions voyeuristes. Pour autant, sa pudeur aux aguets lui interdisait de retirer quoi que ce soit.

Laure se sentait plus sereine. « Maintenant qu'on y est, ce serait idiot de repartir. Mais on va pas continuer à marcher, on peut se poser », proposa-t-elle en visant un espace à proximité de la dune. Thomas accepta. C'est la position verticale qui devenait intenable. Une fois allongé, il serait moins vulnérable aux regards.

Une fois plaqués au sol, ils ne sentaient plus le vent. Leurs yeux fixés sur le ciel bleu de plomb, ils ne voyaient plus leurs congénères et ils recouvraient leur intimité. L'environnement hostile resserrait les liens du couple.

Alors, ils se collèrent l'un contre l'autre, commencèrent à échanger de douces caresses. Laure se mit sur le ventre et dégrafa son haut de maillot, elle qui n'était pourtant pas adepte du topless. Thomas prenait grand plaisir à huiler sa peau suave. Il s'était à peine relevé, pour accompagner d'infimes bisous autour des oreilles les passages de sa main sur le corps de sa bien-aimée. Son excitation croissait comme son sexe dans son boxer. Laure se retourna, exhibant pour la première fois ses seins en public. Thomas ne put s'empêcher de les couvrir de baisers voraces. Sa main se faisait de plus en plus audacieuse. Un bref regard circulaire lui assura que personne ne prêtait attention à leurs ébats. Seul un couple de gays musculeux, quelques mètres plus loin, leur jetait d'épisodiques coups d'œil, attendant probablement que Thomas tombe le caleçon.

Laure exultait. Enveloppée par la chaleur vive du soleil, son corps se nourrissait des cajoleries de son compagnon. Le contact de ses lèvres sur chaque parcelle de sa peau, et ses mains, qui vagabondaient le long de son corps, se rapprochant inexorablement de l'intérieur de ses cuisses, la faisaient tourbillonner.

Thomas délia les ficelles latérales qui maintenaient le maillot de Laure. Il aventurait désormais ses mains le long de son flanc nu. Laure s'abandonnait à son amant devenu maître de sa pudeur – savoir qu'elle pouvait être ainsi exhibée la rendait folle. Thomas retira son boxer et fut le premier à se retrouver nu. Son sexe collait le corps de Laure, qui n'en pouvait plus. Très doucement, Thomas tira le maillot de sa belle, qui glissait lentement le long de son bas-ventre, et finit par dévoiler ses lèvres aussi gonflées que son clitoris. Laure était à cran.

Thomas lui susurra : « On ne peut pas rester là, ce n'est pas une plage libertine ! » Laure : « Tais-toi, et continue ! » Thomas : « Oui, mais pas ici. » Le coquin avait fait ses repérages. Juste derrière eux se trouvait une dune de sable fin qu'ils pouvaient facilement escalader. Une fois derrière la dune, ils seraient à l'abri des regards. Thomas saisit la main de Laure pour qu'elle se relève, et de son autre main, il tentait de cacher son sexe déployé. Abandonnant serviettes et maillots, ils se précipitèrent sur la dune sans jeter de coup d'œil aux alentours. En quelques secondes, les deux amants nus se retrouvèrent de l'autre côté du monticule.

La dune donnait sur une cuvette de sable fin, elle-même jalonnée d'une pinède, et donc à l'abri des regards. Thomas plaqua Laure sur la pente brûlante, magiquement inclinée à 45°, et commença à l'embrasser lascivement. Son sexe écumait, celui de Laure aussi… il la pénétra avec fracas et délices. Des grains se sable se joignaient à leurs ébats. Laure était transportée en sentant le membre fou de son homme, les mains puissantes agrippées à ses seins, ses fesses. Elle suffoquait de ne pouvoir exprimer plus fort son plaisir de crainte d'être entendue, ce qui redoublait son excitation.

Thomas était métamorphosé – il n'avait pas souvenir d'avoir jamais autant bandé. La vision idyllique de son amoureuse nue contre le sable blanc, entourée d'un ciel d'un bleu acier, le contexte permissif de la nudité, mais aussi l'interdit de la situation avaient décuplé son énergie sexuelle, et il rentrait en Laure avec une vigueur multipliée. Frissonnant d'excitation, il s'apprêtait à accélérer encore le rythme pour ponctuer d'une longue éjaculation le coït effréné.

Léchant le visage de Laure de droite à gauche, il arrêta net son mouvement en constatant qu'une forme humaine les observait. Elle était de petite taille, mais le soleil aveuglait Thomas, qui ne pouvait en discerner davantage. Il prévint Laure : « Quelqu'un nous mate ! »

Loin de rester impassible, au moment même où Laure tournait le visage pour apercevoir le voyeur, la forme descendit dans la cuvette, se retrouva à moins de cinq mètres du couple toujours imbriqué.

À leur grande stupéfaction, le visiteur était une très jeune fille d'une quinzaine d'années. Nue, elle exhibait une poitrine naissante et des poils pubiens florissants.

Le couple la fixait, terrorisé, incapable de bouger, de parler. Thomas continuait à bander fort. D'abord parce qu'il était arrivé au point de non-retour : son sperme bouillonnant à bout de gland s'échappait en d'infimes à-coups annonciateurs. Et puis la vue de la nymphette avait réveillé de vieux fantasmes.

La jeune fille les regardait fixement, sans manifester d'émotion particulière.

« Vous pouvez continuer », lâcha-t-elle.

« Que fais-tu là ? », s'enquit Laure. « Où sont tes parents ? »

« Ils ne sont pas très loin, sur la plage. J'étais venue faire pipi. La mer est trop froide. D'ailleurs, j'ai toujours très envie. »

La jeune fille s'accroupit, et maintenant son regard en direction des amoureux statufiés et stupéfaits, se mit à uriner.

Laure sentit un violent trouble s'emparer d'elle, un dégoût instinctif immédiatement repoussé par une excitation brutale. Quant à Thomas, son sexe gonflé comme jamais suintait dans l'antre de sa compagne, alors qu'il ne quittait pas des yeux la petite fontaine et son jet.

Une fois qu'elle eut fini, elle se releva en murmurant : « Maintenant, j'aimerais que vous continuiez. Je veux vous voir aller jusqu'au bout. Si vous le faites, je ne dirai rien. »

La jeune fille était plus maligne que ce que le couple avait imaginé. C'était un chantage à peine déguisé. De toute façon, Thomas n'en pouvait plus, il avait déjà repris ses mouvements de va-et-vient, à un rythme très lent, sans même s'en rendre compte, alors que la petite se soulageait. Laure ressentait encore plus le trouble de Thomas, à travers son membre, de nouveau entreprenant, et sa respiration décousue, ponctuée de halètements. Elle-même vacillait devant l'audace de la jeune fille. Elle sentait une boule de plaisir prendre forme au niveau de son bas-ventre, devenir de plus en plus grosse. Elle fixait toujours la lolita, qui ne perdait pas une miette du spectacle, et semblait fascinée.

Thomas accélérait le mouvement, il ne contrôlait plus son souffle, il savait son orgasme imminent, ce qui bouleversait Laure d'autant plus. À l'instant même où la sève se resserrait dans son sexe avant expulsion, la jeune fille cria : « Stop ! » Thomas gicla trois fois avant de réussir à s'interrompre. « Quoi ? Pourquoi ? Ne parle pas si fort ! » mugit-il sans se rendre compte que le volume de sa voix était supérieur à celui de la fille.

« Je veux participer aussi. Et je veux vous voir gicler. »

« Eh, ça va pas ? Tu n'es qu'une gamine, il faut se calmer ! » lâcha Laure en se redressant, ce qui eut presque pour effet d'expulser le membre de son amant.

« Ça fait déjà trois ans que je me caresse, et je me tape des pornos sur le web. Pour une fois que j'ai l'occasion de voir du hard en vrai ! Je veux que tu me caresses pendant que ton mec te prend, et je veux le voir éjaculer sur toi au moment où je jouis. »

Sans attendre de réponse, la lolita s'approcha du couple, s'allongea à quelques centimètres du corps de Laure toujours chevauchée par Thomas.

« De toute façon, vous n'avez pas le choix », ajouta-t-elle pour couper court à toute velléité de rébellion.

« On n'a pas le droit de la toucher, elle est ultra-mineure », susurra Laure à Thomas.

Celui-ci était fiévreux et souffreteux, plus du tout en état de répondre.

« Vous n'aviez déjà pas le droit de baiser devant une mineure. Mes parents me l'ont suffisamment répété chaque fois que je les interrompais quand ils étaient avec leurs copains. Quitte à violer la loi, autant le faire en faisant plaisir à tout le monde. Et moi, j'ai vraiment envie. »

S'adressant à Laure : « D'ailleurs, tu devrais être heureuse que je ne demande pas à ton mec de me baiser. Je me réserve pour mon amoureux, je suis encore vierge. »

Laure et Thomas restaient décontenancés.

« Vous voulez vérifier ? » ajouta-t-elle avec malice.

Comme à son habitude, Lolita n'attendit pas la réponse avant de s'exécuter. Elle écarta ses jambes, saisit chacune de ses grosses lèvres, les sépara le plus possible, pour exhiber son hymen intact et l'infime petit trou interne.

Thomas reprit mécaniquement ses mouvements. Plus de la moitié du sperme disponible était restée logée au fin fond de son membre, et son érection connut une nouvelle vigueur. Laure en fut étourdie, sa boule au ventre reprit sa croissance. Elle sentait un orgasme monter du plus profond de ses entrailles.

Lolita reprit sa place allongée, sa peau désormais collée contre celle de Laure, et ses jambes touchant celles de Thomas. Elle fixait alternativement dans les yeux les deux amants, qui ne pouvaient détourner leurs regards.

Elle caressa alors le bas du dos de Thomas, descendit jusqu'à ses fesses, où reposait la main droite de Laure. Doucement, elle la saisit, l'amena à son ventre. Le souffle des deux filles s'accélérait, alors que Lolita avait fixé l'index et le majeur de Laure sur son clitoris, et qu'elle les guidait dans d'intimes mouvements circulaires accompagnés de douces pressions.

Thomas était effroyablement excité par cette vision. Son niveau de sperme était remonté plus vite qu'il l'avait jamais expérimenté. Laure ne se contrôlait plus. Son bassin épousait les mouvements de celui de Thomas. La boule au-dessous de son nombril explosait au contact du bas-ventre de Thomas sur son clitoris.

Et Thomas frôlait l'apoplexie. Lolita elle-même ne pouvait plus répondre. Suffoquée, les joues écarlates, elle était au bord du gouffre de la jouissance, alors que Laure ne retenait plus le cri d'un interminable orgasme. Thomas se retira alors, saisit son sexe à pleine main, éjacula de toutes parts. Lolita ne put dissimuler un étranglement rauque, et un nouveau petit liquide s'échappa de son vagin exultant. Laure avait écrasé la moitié de son visage dans le sable, submergée de plaisir. Thomas s'affala sur le buste de son amante, en oubliant la semence qui faisait glisser son torse sur ses seins.

Lolita eut un sourire satisfait en direction du couple. Elle se releva, tenta tant bien que mal de décoller le sable plaqué contre sa peau, lança au couple un ultime regard pétri de satisfaction. Puis elle se retourna, escalada la petite pente de la dune, partit en courant encore plus vite qu'elle était venue.

Le bruit d'un orage immense retentit alors. Pas sur la plage des Salins, toujours noyée sous son soleil inoxydable. Mais dans le cœur des deux amants, plus unis que jamais, qui n'avaient jamais autant voulu se fondre l'un dans l'autre.

Chair à poisson

Carlo Vivari

À cette époque, je travaillais pour un magazine à sensation qui m'avait envoyé passer quelques jours sur une île grecque des Cyclades. Voyeur impénitent, j'avais emporté mon masque de plongée, mon tuba et mes palmes pour observer les fonds marins.

Je me souviens que, le premier jour, je me suis mis à l'eau vers midi, après avoir cuvé pendant toute la matinée une gueule de bois à la *retsina*. Le soleil de juillet matraquait la plage noire de monde. J'avais encore le crâne douloureux, je tenais mal sur mes jambes ; pour la énième fois de ma vie, je me suis juré d'arrêter de boire. Le contact de l'eau de mer fraîche m'a fait du bien. À coups de palmes, je me suis dirigé vers le large. Naviguant entre les groupes de vacanciers qui faisaient trempette, j'apercevais au passage les poils follets – noirs, châtains, blonds, roux, les uns lisses, les autres frisés – échappés des bikinis des baigneuses. Ça se passait avant la mode de l'épilation.

Une fois seul en pleine mer, j'ai retiré mon tube, relevé mon masque, pour respirer un grand coup, la tête renversée en arrière sous le soleil à son zénith. La lumière était si vive que l'œil ne percevait plus rien aux alentours. J'ai plongé vers les abysses. L'eau était fraîche, un délice ; on voyait le fond dans les moindres détails.

J'avançais vers le large, à un mètre sous la surface, pour suivre de près les évolutions des poissons au-dessus du tapis d'algues – lesquelles imitaient à s'y méprendre la danse au ralenti des poils féminins… quand j'ai aperçu droit devant une drôle de forme blanche. Elle se mouvait sur place avec grâce. Quel fantôme marin hantait les lieux ? Est-ce que mon reste de gueule de bois me faisait halluciner ? Je me sentais à la fois anxieux et curieux. La chose ne faisait pas mine de s'attaquer à moi. Sur le point de manquer d'air, j'ai fait surface pour me remplir les poumons. Le soleil sur la mer éblouissait comme une plaque de métal en fusion. On ne pouvait absolument rien voir ; j'ai replongé. L'étrange forme bougeait toujours. Je me suis rapproché en effectuant un arc de cercle, pour arriver sur ce qui semblait être son arrière. Là, j'ai aperçu un ensemble harmonieux de pourtours et d'arrondissements… qui m'a rappelé quelque chose… ou plutôt quelqu'un… ou plus exactement quelqu'une… oui : un cul nu tout ce qu'il y a de féminin. D'un blanc chaud de lait sur le feu. Bien charnu, bien fendu. Je suis resté figé de stupéfaction. Comme j'avais cessé d'agiter mes palmes, j'ai été aspiré vers la surface. Après avoir avalé un bol d'air, j'ai replongé pour retrouver le divin fessier, le contourner…

Ah, pour une vraie blonde, c'était une vraie blonde ! Platine, même. Ses poils intimes, assez longs pour faire trois fois le tour de mon doigt, se déployaient avec paresse comme les pétales d'une anémone de mer. J'en oubliais de respirer ; j'étais bien, en proie à l'ivresse des profondeurs, quand les mains de la fille, garnies de bagues bleu-vert, aux ongles manucurés assortis, se sont enfoncées dans l'eau. Les doigts effilés serraient un fil de pêche circulaire, qu'elles ont arrimé sur la fente du sexe d'un côté, sur celle des fesses de l'autre. Une fois la fine ceinture transparente en place, les mains se sont retirées pour se plaquer sur les seins, dont j'ai à peine eu le temps d'apprécier le profil en philippine d'obus. Il est vrai qu'en vertu du principe d'Archimède, la mer a toujours été un soutien-gorge naturel hors pair…

J'ai ramené mes regards au bas du ventre de la baigneuse. J'ai décidé d'arrêter de boire pour de bon quand j'ai vu ce que j'ai vu : comme un collier sa perle, le fil de pêche transperçait un tentacule de poulpe. L'appendice criblé de ventouses ondulait juste devant le sexe de la fille. Tel un doigt, il semblait me faire signe d'approcher. J'étais sur le point d'obéir à l'étrange injonction, quand un violent déplacement d'eau m'a expédié en surface. J'en ai profité pour me gorger d'oxygène, avant de revenir le plus vite possible vers la fille…

pour constater que la place était occupée par celui qui m'avait bousculé : un énorme poisson à gros yeux et grosses lèvres : un mérou probablement. Méfiant, celui-ci attaquait le bras de pieuvre à petits coups de dents précautionneux. Son épaisse bouche sensuelle, avalant la chair du poulpe, se rapprochait du buisson de poils de la blonde. Quand le museau charnu a pénétré à l'intérieur du sexe béant, la fille s'est arquée à bloc, muscles des cuisses tétanisés, agitée tout entière par une vibration interne dont je recevais les ondes… J'ai eu juste le temps de baisser mon slip de bain pour laisser mon sperme se répandre dans la mer.

J'ai dû remonter vite fait en surface pour prendre une goulée d'air. Quand je suis redescendu, le mérou avait disparu. La place était libre entre les cuisses de la fille, mon érection se ranimait à toute vitesse… mais là, pas de chance, c'est la sirène qui s'est éloignée. Oui, sirène : je me suis rendu compte que ses pieds joints manœuvraient une monopalme difficile à repérer en milieu marin à cause de sa couleur turquoise. En quelques instants, la fille s'est dissoute dans le rideau des eaux ; je suis resté seul comme un con. Je me suis résigné à reprendre la direction de la plage, avec une grosse fatigue dans les muscles, un mal de tête lancinant. Sans compter une inutile érection…

Le lendemain à la même heure, j'étais de retour au même endroit. Miracle, la blonde s'y trouvait aussi. Pas seule, malheureusement. Deux congres adultes, des monstres, se délectaient des tranches de langouste qu'elle avait insérées, l'une dans sa fente de devant, l'autre dans celle de derrière. L'orientation de la scène par rapport au soleil était différente de la veille : en faisant surface, j'ai découvert le visage de la naïade. C'était la Nordique dans toute sa splendeur : teint de pêche hâlé, pommettes hautes, chevelure d'un blond lunaire, grands yeux liquides plus bleus que tout ce qui nous entourait – et qui, l'espace d'un instant, ont croisé les miens. J'ai replongé sous l'eau juste à temps pour assister à la fin du repas des congres. C'était le moment du dessert : l'un bouffait la chatte, l'autre le fond de l'entrefesse. Là encore, les mains sur les seins, la fille s'est arquée à fond au moment de jouir. Et comme la veille, les secousses nerveuses qui ont parcouru son corps se sont transformées en vibrations concentriques. J'ai sorti mon sexe pour le laisser gicler à l'eau libre… mais je l'ai bien vite remis dans mon maillot, pour déclencher le mouvement de mes bras et de mes jambes : les congres, l'œil fixe, se dirigeaient vers moi. J'ai réussi à les semer, ou plutôt, je crois qu'ils se sont battus pour dévorer les traînées de mon sperme coagulé. Il faut dire que j'avais mis la dose.

De retour à mon hôtel, j'ai trouvé un télex de mon journal m'enjoignant d'aller, dans les meilleurs délais, interviewer sur son yacht qui croisait au large un gros homme d'affaires grec. J'ai pris contact avec le secrétariat de ce Poulantzas, lequel m'a convié le soir même à une réception sur son bateau. Un canot viendrait chercher les invités à vingt heures précises sur le quai principal du port de plaisance, tenue de soirée de rigueur. J'ai passé la suite de ma journée à préparer l'interview du grossium, puis à dénicher un smoking clair, des chaussures et un nœud papillon assortis.

À l'heure dite, tiré à quatre épingles, la raie sur le côté, magnétophone en bandoulière, cigare aux lèvres, j'arpentais les quais du port. Un essaim de femmes du monde en robe du soir, certaines déjà soûles d'apéritifs à l'*ouzo,* jacassaient autour de moi dans toutes les langues. J'avais un début d'érection à la pensée que, ce soir, je ne manquerais pas de faire une conquête. Et pas de mérou ni de congre pour me faire de l'ombre. Comme prévu, un hors-bord n'a pas tardé à accoster ; nous avons embarqué sur une mer d'huile. C'était le plein été, le grand jour durait jusqu'à vingt-deux heures ; ma poitrine se gonflait au vent du large. Le yacht de Poulantzas m'a sidéré par ses dimensions et le luxe de ses ornements. Les matelots ont installé l'échelle de coupée au flanc du navire.

Le premier, j'ai escaladé les marches d'acajou ; en arrivant sur le pont, je me suis trouvé nez à nez avec ma sirène scandinave. Aucun mystère, elle était à son poste de travail : assurer l'accueil des invités pour le compte de son patron. Dans son seyant tailleur bleu marine genre hôtesse de l'air, qui faisait bien ressortir ses blondeurs, elle était grande : un mètre quatre-vingt. Un badge de poitrine, et quelle poitrine ! indiquait son prénom :

« Lotte ». Toujours les poissons ! J'ai eu le plaisir de la voir rosir des pommettes quand je l'ai fixée dans les yeux, preuve qu'elle avait reconnu en moi le témoin de ses derniers ébats aquatiques.

Je lui ai annoncé que j'avais rendez-vous avec Poulantzas. Je lui ai tendu le télex que m'avait adressé mon journal. Lotte, décidément, était une grande émotive : les plaques rouges sur ses pommettes s'élargissaient, gagnant les joues, les mâchoires, le cou… Je bandais à casser une assiette à la pensée qu'au bout de ses seins écarlates, on ne devait plus pouvoir distinguer le rose pâle de ses aréoles. Elle m'a annoncé qu'elle me menait sans tarder aux appartements du boss. Je l'ai suivie – de près – le long d'interminables couloirs couverts de lambris de bois précieux. Perchée sur ses talons, elle chaloupait de la croupe sous mes yeux. Et dire que j'avais vu, le matin même, sa divine raie visitée par une tête de congre !

Elle a cogné à une porte d'acajou portant en lettres d'or le nom de l'homme d'affaires. Et de sa voix angélique d'hôtesse de l'air, a annoncé mes nom, prénom et qualités. Pour toute réponse, Poulantzas, à travers la porte, a éructé qu'étant soûl comme un cochon, il n'en avait rien à foutre ! Lotte m'a murmuré que quand son patron se trouvait dans cet état-là, il valait mieux laisser tomber. Pour l'interview, on verrait plus tard. Après avoir jeté un regard à sa montre, elle m'a annoncé que le dîner serait servi d'une minute à l'autre. Nous nous sommes dirigés vers la grande salle à manger du bateau, où nous nous sommes installés côte à côte.

Était-ce l'absence du seul maître à bord après Dieu ? En tout cas, c'était l'orgie générale dans la salle. Les serveurs en grande tenue, après avoir rempli à ras bord les verres des convives, vidaient les bouteilles de mouton-rothschild au goulot. Soucieux de bien me tenir devant Lotte, je me suis contenté d'un doigt de vin. À la fin du dîner, notre voisine de table, une vieille peau boucanée dont les bijoux tintaient si fort qu'on avait du mal à entendre sa voix de rainette, nous a appris que la fête se poursuivrait dans la piscine. La dame a ajouté que Poulantzas, dans sa folie des grandeurs, avait fait remplir l'immense bassin de cocktail blue lagoon.

La piscine avait été aménagée sur le pont supérieur du navire ; et en effet, ses « eaux » d'un bleu profond fumaient d'alcool sous les étoiles. Moi, qui avais réussi à rester sobre jusque-là, j'ai bu la tasse en plongeant nu, et je me suis retrouvé ivre aussi sec. Lotte, hilare, nageait, nue aussi, à mes côtés. Tout autour de nous, la partouze battait son plein : les invités, en poussant des gloussements de jouissance, s'enfilaient en couronne dans les flots bleus parsemés de pains de glace. Lotte s'est agrippée au rebord du bassin en tendant en arrière sa croupe cambrée à mort. Son sexe entrouvert affleurait, léché par des vaguelettes de vodka-curaçao frappée. Le spectacle qu'elle offrait était purement et simplement irrésistible. Je n'ai eu qu'à la ceinturer pour la pénétrer jusqu'à la racine. Ça a duré longtemps, et ç'a été le meilleur coup de ma vie.

Le lendemain, en m'éveillant vers midi dans la cabine de Lotte, la tête comme une cloche fêlée sous l'effet d'une gueule de bois carabinée, je n'ai pas trouvé trace de mon amie. Sa monopalme bleu-vert avait disparu, elle aussi. J'ai compris que la sirène avait rejoint son lieu de rendez-vous avec ses chers poissons.

C'était mon tour de déclarer forfait pour l'interview Poulantzas. Au lit, un gant de toilette rempli de glaçons posé sur le sommet du crâne, j'ai attendu le retour de Lotte. Elle n'a pas tardé à reparaître, ruisselante d'eau de mer, en string, seins nus, sa monopalme sous le bras – le regard plombé par l'excès de jouissance. Cette fois, elle avait reçu la visite d'un thon albacore vicieux comme une anguille électrique. Surmontant ma jalousie (après tout, moi aussi, j'aimais le thon), je lui ai demandé d'où diable lui venait son obsession des espèces aquatiques. Avec sa franchise scandinave, elle m'a raconté le souvenir d'enfance qui avait déclenché son aquariophilie.

Lotte était âgée d'une petite dizaine d'années quand ses parents l'avaient emmenée en vacances d'été sur la Côte d'Azur. La petite Suédoise, incommodée par la chaleur accablante qui régnait à Monaco, circulait, en toute innocence, en robe légère sans rien dessous. Pendant la visite du célèbre musée océanographique, elle avait, pour faire coucou aux poissons, posé sa main contre la paroi de l'aquarium. Agréablement surprise par la fraîcheur que diffusait le mur de plexiglas, elle s'y était plaquée en relevant sa petite robe. Ainsi, la fillette réfrigérait son corps depuis le sternum jusqu'aux genoux, en passant par ce qu'elle appelait en langage enfantin sa « fitta » – en français, sa zézette. Sa petite valve intime, appliquée au verre comme une ventouse, la gamine s'amusait à la coller et la décoller avec des bruits de baisers…

Lotte ne me cache pas que ses manœuvres lui procuraient des sensations voluptueuses dans tout le bas-ventre. Et voilà qu'attiré par son manège, un long poisson avec des rayures sur le dos s'est approché, un loup peut-être. Et il s'est mis à brouter le cresson microscopique qui garnissait la vitre, juste à hauteur du sexe de la mouflette. La fillette, sidérée, trompée par les reflets de l'épaisseur de la vitre, croyait assister au festin du poisson à l'entrée même de sa petite chatte…

Comme on peut le penser, revivre son souvenir sexuel a des effets sur mon amie. Il y a un moment déjà qu'elle raconte son histoire en fouillant dans la braguette de mon pyjama. Et quand enfin, elle met mon pénis au jour, c'est pour lui trouver une ressemblance avec un « marsvin », un marsouin, dit aussi cochon de mer.

Et comme on dit aussi, plus qu'à se mettre à table… et puis à remettre le couvert… et ainsi de suite…

Achevé d'imprimer chez SoBook le 10-11-2021

Linselles - France

N° impression : 735 019